KB063019

지옥의 설계자

지옥의 설계자

초판 1쇄 발행 2024년 6월 17일

지은이 경민선
펴낸이 안병현 김상훈
본부장 이승은 **총괄** 박동옥 **편집장** 박윤희
책임편집 이경주 **디자인** 용석재
마케팅 신대섭 배태욱 김수연 김하은 **제작** 조화연
2차저작권 관리 권정은

펴낸곳 주식회사 교보문고
등록 제406-2008-000090호(2008년 12월 5일)
주소 경기도 파주시 문발로 249
전화 대표전화 1544-1900 **주문** 02)3156-3665 **팩스** 0502)987-5725

ISBN 979-11-7061-146-2 (03810)
책값은 표지에 있습니다.

- 이 책의 내용에 대한 재사용은 저작권자와 교보문고의 서면 동의를 받아야만 가능합니다.
- 잘못된 책은 구입하신 곳에서 바꾸어 드립니다.
- '북다'는 문학을 기반으로 다양하게 변주된 책들을 선보이는 종합 출판 브랜드입니다.

이 작품은 '2022 대한민국 콘텐츠대상 – 스토리 부문 수상작'입니다.

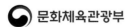 

지옥의
설계자

경 민 선 　 장 편 소 설

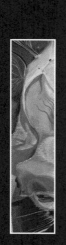

봄*

차례

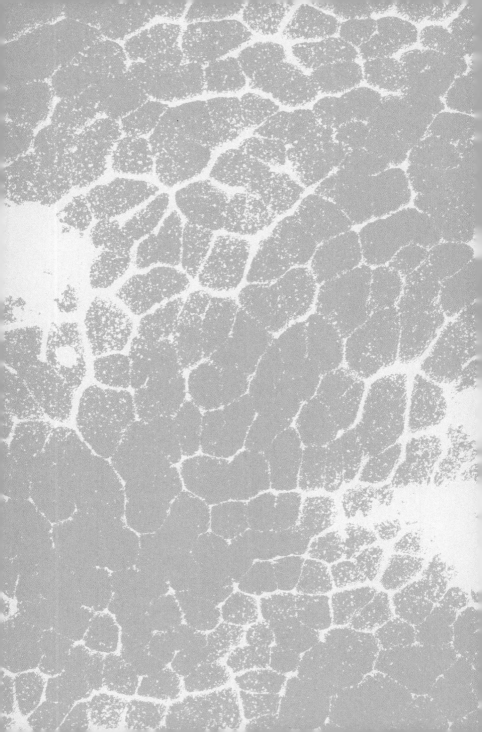

프롤로그

비가 무섭도록 쏟아지는 밤이었다. 길이 12미터의 거대한 냉동탑차가 서울 북부 외곽의 도천대로를 달리고 있었다. 그날따라 쏟아지는 졸음을 견딜 수 없었던 운전사는 한적한 편의점을 발견하고는 갓길에 차를 세웠다. 차에 남아 인터넷 방송을 보고 있던 조수는 한 무리의 괴한이 차를 둘러싸고 있음을 뒤늦게 깨달았다. 두 대의 승용차로 냉동탑차를 에워싼 괴한들은 열려 있는 운전석 창을 통해 테이저건을 발사했다. 픽. 조수가 기절한 틈을 타 괴한들이 글로브박스에서 원격 키를 꺼내 탑차 적재함을 열었다. 운전사가 편의점에서 비타민 음료수 두 병을 사서 나오기까지 겨우 5분. 그사이 역사를 뒤바꿀 일이 벌어졌다. 괴한들이 가져간 것은 무게 100그램짜리 작은 상자였다. 그 안에는 세상에 단 하나뿐인, 귀중하고도 불길한 물질이 들어 있었다. '대한민국 건국 이래 최악의 연쇄살인범'이라 불렸던 완영순의 뇌 일부가 그것이었다.

5년 전, 완영순은 방범이 허술한 오래된 다세대 주택 단지를 돌며 마구잡이로 살인 행각을 벌였다. 한때 열쇠공으로 일했던 그는 손쉽게 현관문 센서를 조작하여 가정집에 침입했다. 그리고 노인, 임산부, 어린아이 가리지 않고 총 21명을 둔기로 잔혹하게 살해했다. 피해자 모두 일면식도 없었고, 살인 외에는 절도나 강간도 없었던 점으로 미루어 완영순은 완벽에 가까운 사이코패스로 평가받았다. 일말의 감정도 없이 살인 그 자체를 목적으로 치밀하게 움직인 그의 행각에 세상은 아연실색했다. 사람들을 더욱 분노케 한 것은 체포된 후에 보인 뻔뻔한 태도였다. 완영순은 카메라 앞에서 고개를 뻣뻣하게 들고서는 여자들이 몸을 함부로 굴린 게 문제였다느니, 1천 명을 죽이고 싶었는데 못 채워서 아쉽다느니 하는 망언을 늘어놓았다. 2년에 걸친 재판 동안 한 번도 반성하는 모습을 보이지 않았다. 결국 사형 판결을 받은 완영순은 사형수 수감동에서도 교도관들에게 매일같이 행패를 부렸다는 후문이 들려왔다.

그런 완영순을 죽게 한 것은 국가가 내린 밧줄이 아니라 지병인 심장병이었다. 피해자들이 느꼈을 공포를 조금이나마 느끼기는커녕, 두 다리를 뻗고 자다 한순간에 저세상으로 가 버린 것이다. 그가 죽은 날부터 때아닌 가을장마가 시작되었고, 언론은 그것이 유족의 피눈물이라고 보도했다. 문제는 이게 끝이 아니라는 데 있었다.

가족도 친척도 없었던 완영순은 부모가 물려준 땅을 판

돈과 자신의 예금을 합쳐 '뉴랜드'라고 불리는 데이터 사후 세계 서비스를 신청하고는 일찍이 자신 몫의 요금을 완납해 두었다. 이 사실이 알려지자 유족들뿐만이 아니라 수많은 시민이 교도소 앞에서, 법무부 청사 앞에서, 심지어 관련도 없는 환경부와 보건복지부 건물 앞에서도 시위를 벌였다. "살인을 저지른 범죄자가 사법적 단죄도 제대로 받지 않은 채 저 혼자 데이터 속 사후세계에서 뻔뻔하게 영원을 누리겠다니", "예수도 부처도 교황도 용서 못 할 일"이라고 모두가 입을 모았다.

하지만 뉴랜드를 관리하는 After Life 컴퍼니, 줄여서 A.L 컴퍼니의 태도는 뜨뜻미지근했다. 완영순이 사후세계 요금을 완납한 시기는 그가 살인 행각을 벌이기 전이고, 사기업으로서 A.L 컴퍼니가 고객의 행실 때문에 서비스를 거부할 명분이 부족한 데다, 또 요금을 반납하려 해도 물려줄 대상도 마땅치 않다는 것이 이유였다. 사안이 사안이니 만큼 완영순의 사후 처리는 신속하고도 비밀스럽게 진행됐다. 시신이 안치된 경기북부교도소에는 A.L 컴퍼니의 본사 기술진이 급파되었다. 그들은 대체혈과 생명 유지 장치에 의존하여 아직 의학적 사망에 이르지 않은 상태로 보존되어 있던 완영순의 뇌에서 기억 데이터를 복사한 뒤, 자아 뉴런을 추출했다. 그에 관한 모든 정보는 가로세로 7센티미터의 정육면체 상자에 담겼다. 고도로 발달한 대체현실과 뇌신경학 기술 덕분에 가능한 일이었다. 상자의 운반은 시위대도,

성난 네티즌들도 잠들었을 월요일 아침이 밝아 오는 새벽 3시에 시작되었다. 혹시 모를 사고를 방지하기 위해 자동 운행 시스템 대신 운송 책임자 두 명이 임무를 맡았다. 새벽 시간이라 경기 북부에 있는 교도소에서 서울 남부에 있는 A.L 컴퍼니 서버센터로 가는 데는 채 1시간이 걸리지 않았다. 이대로 이송에 성공해 뉴랜드 서버에 연결만 한다면 완영순의 '자아'는 평생의 기억을 간직한 채 인공 사후세계에 무사히 도착할 예정이었다.

사고는 그 길에서 일어났다.

새벽에 벌어진 불가사의한 탈취극의 진상은 월요일 아침에 밝혀졌다. 범인은 출근 시간에 맞춰, 오전 8시 정각에 입장문을 발표했다. 고급 콘퍼런스 룸에 기자들을 불러서는 자신의 범죄를 만천하에 자백한 건 '백철승'이라는 남자였다. 성공한 젊은 IT 사업가인 그는, 만 28세의 나이에 대체현실 공학박사를 따고 이후 유명 외국계 대체현실 회사에 들어가 입사 5년 만에 이사로 승진했을 만큼 엄청난 이력의 소유자였다. 3년 전 국내에 돌아와서는 여러 대기업의 러브콜을 모두 거절하고 대체현실 스타트업을 창업했다. 잘생긴 외모에 늘씬한 몸까지 가진 백철승은 이미 나름의 팬덤을 갖춘 유명인이었다. 그런 백철승이 카메라 앞에서 내뱉은 말은 충격을 넘어 하나의 혁명이었다.

"완영순의 뇌를 훔친 배후는 저입니다. 제게 죄가 있다면 기꺼이 처벌받겠습니다. 그렇다고 해도 완영순 뇌의 행방은 절대로 밝힐 수 없습니다. 저는 이 극악무도한 범죄자가 아무 뉘우침도 없이 사후세계에 가는 것을 용납할 수 없습니다. 저희 아비치(Avici) 게임즈가 만든 지옥 서버에 그의 뇌를 가두고 죄를 뉘우칠 때까지 놈을 처벌하려 합니다. 대신 매주 국민 여러분께 이 결과를 알려드리겠습니다."

현장에 모인 기자들은 몇 분간 입을 열 수, 아니 다물 수 없었다. 키보드를 누르는 소리조차 들리지 않았다. 백철승은 기자들이 정신을 차릴 때까지 인내심 있게 기다렸고, 잠시 후 질문 세례가 쏟아졌다.

"지옥 서버라니, 조금 더 자세히 설명해 주시겠습니까?"

"말 그대로 살아 있을 때 저지른 죄에 대한 벌을, 사후에서도 받는 인공 사후세계입니다. 완영순의 자아와 기억을 그대로 살린 채 저희가 만든 데이터 지옥에 가둬 벌을 줄 겁니다. 지옥이 없어 악인들이 설치는 거라면 인간이 지옥을 만들면 됩니다."

"구체적으로 무슨 처벌을 내리겠다는 건가요? 또 처벌 결과를 알려 준다고 하셨는데 이건 무슨 뜻입니까?"

"어떤 처벌을 내릴지는 아직 공개할 수 없습니다. 다만 이번 주 안에 확실히 알게 될 겁니다."

죽은 이의 뇌 일부를 보존해 가상현실 속에서 영원히 살게 하는 인공 사후세계가 기술적으로 가능하다면, 마찬가지로 잘못을 저지르고 죽은 이의 뇌에 영원한 고통을 선사하는 기술적 지옥도 가능하다는 발상이었다. 살아생전 열심히 일했던 이들은 사이버 사후세계인 뉴랜드에서 영원히 즐거움을 누리고, 열심히 죄를 지었던 이들은 백철승이 만든 사이버 지옥에서 영원히 고통을 받는다는 말이다.

문답을 마친 백철승은 경찰서에 자진 출두해 범죄를 자백했다. 그에게 적용될 죄목은 무엇인가를 두고 법률 전문가들의 의견이 분분했다. 살아 있는 사람을 납치했다면 '약취·유인'의 죄를 물을 것이고, 시신을 훔쳤다면 '사체 영득죄'나 '분묘 발굴죄'를 물을 테지만, 완영순의 경우는 둘 다 아니었다. 그는 이미 죽었고, 시신은 교도소에서 보관하다 화장할 예정이었다. 그날 도로 위에서 도난당한 건 시체가 아니라 데이터화된 완영순의 생전 기억, 그리고 손톱보다도 작은 뇌세포 조각이었다. 결국 백철승은 폭행과 특수절도죄를 적용받았다. 하지만 국내 최고의 로펌 변호사 군단을 선임한 백철승은 쉽게 풀려났다. 조사를 마치고 나왔을 때 여론은 완전히 그의 편이 되어 있었다.

사건 이틀 뒤에 아비치 게임즈 공식 홈페이지에 올라온 동영상 덕분이었다. 영상에는 감옥처럼 생긴 회색 방에 꿇어앉은 완영순이 있었다. 사람들이 기억하는 완영순의 모습 그대로였다. 하지만 완영순은 어딘가 위축되어 보였고, 촬영자가 묻는 말에 고분고분 대답했다.

"나이와 이름을 말하세요."

"완영순. 55세입니다."

"당신은 수많은 죄를 저질러 체포되었고, 사형수로 복역했다 사망했습니다. 그리고 죽은 이후에라도 죄의 대가를 치르기 위해 이곳 지옥 서버에 와 있습니다. 현재 이틀간의 본보기 교화를 받았습니다. 맞습니까?"

"네, 맞습니다."

"당신이 마지막으로 저지른 범죄를 상세히 설명하세요."

"신록 호수 뒤편에 농가가 있습니다. 안에서 불빛이 나오는 걸 보고 망치로 문을 부수고 들어갔습니다. 안에 노인네 둘이 있는 게 기분 나빠 하나씩 차례로 망치로 머리통을 내려쳤지요. 금방 죽을 줄 알았는데 하나가 안 죽고 기어서 도망치려고 하길래 손목을 후려쳐 주저앉혔습니다."

"그다음은요?"

"부엌에 백숙이 있어서 먹었어요."

"두 부부는 어떻게 됐습니까?"

"밥을 먹으려고 하는데 옆에서 계속 '끅끅' 소리 내는 게 시끄러워서 칼로 목을 땄어요."

"……. 더 할 말 없습니까?"

"이게 다인데요?"

"당신은 아무것도 반성하지 않았습니다. 이제부터 처벌이 시작됩니다."

1분 남짓한 문답으로 이루어진 영상은 단기간에 1억 뷰가 넘는 조회 수를 기록했다. 영상을 본 대다수가 촬영자의 마지막 말에 완영순이 겁먹은 표정을 짓는 게 통쾌했다는 반응을 보였다. "진짜 완영순인지 믿을 수 없다", "세간의 관심을 끌기 위해 딥페이크 기술로 만든 영상 아니냐" 하는 냉소적인 의견도 있었다. 영상의 진위를 의심하는 여론은 피해자 측 변호사가 나서자 순식간에 사라졌다. 피해자 측 변호사는 영상에 나온 사건은 수사 관계자들만 알고 있는 극비정보이며, 외부에 공개된 바가 없었기 때문에 영상 속 인물은 완영순이 분명해 보인다고 인터뷰했다. 물론 완영순의 몸은 화장되었으니 완영순의 예전 모습을 본떠 가상현실에 구현한 이미지였다. 하지만 대중에게 중요한 건 그게 아니었다. 어쨌든 간에 감각 기능을 할 수 있는 완영순의 뇌 일부가 고통을 겪고 처벌을 받고 있다는 것이야말로 진정으로 중요한 사실이었다. '정의.' 사람들은 정의를 원했다. 그리고 지금 대중의 눈앞에 정의가 구현되고 있었다.

백철승과 아비치 게임즈는 연일 검색어 1, 2위를 다투었다. 검색량도 어마어마했다. 건국 이래 최악의 연쇄살인범이 제대로 처벌받지 않는 데 대한 울분을 터트리며 대한민국 사법체계에 분노하던 사람들은 완영순이 데이터로 만든 지옥에 있다는 사실에 열광했다. 심지어 탈취사건의 피해자라 볼 수 있는 이들조차 백철승을 선처해 달라며 언론에 호소했다. 자리를 비우고 편의점에 갔던 운전기사와 테이저건을 맞은 조수는 거액의 위로금을 받고 합의한 것으로 알려졌다. 가장 이상한 건 A.L 컴퍼니의 대처였다. 고객을 통째로 도난당했음에도 백철승을 고소하지 않겠다고 성명서를 발표했다. 완영순 두뇌의 소유권을 위탁받은 회사가 물건을 찾을 의지가 없으니 당연히 장물에 대한 수사는 제대로 이루어지지 않았다. 경찰은 아비치 게임즈를 수사했으나 아무것도 나오지 않았다고 전했다.

이 사건을 계기로 세상은 요동치기 시작했다. 세상을 지배하고 있던 뿌리 깊은 관념이 송두리째 바뀌고 있다는 것을 모두가 느꼈다.

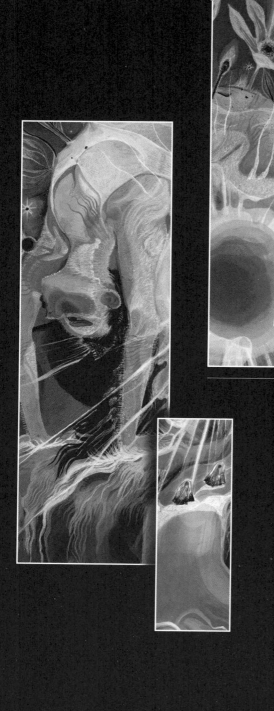

1장
악인이 심판받는 세계

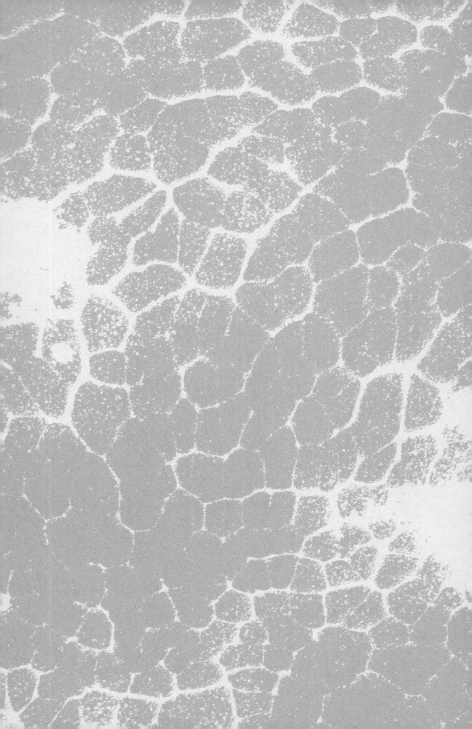

요즘 지석은 창밖을 내려다보는 재미에 살고 있다. 그의 사무실은 역사적인 '완영순 두뇌 탈취사건'이 있었던 거리 바로 앞이었다. 운전기사가 비타민 음료를 산 편의점과 같은 건물이었다. 이곳이 백철승의 팬이 된 사람들에게 일종의 명소가 되면서 작은 점포 앞에는 매일같이 긴 줄이 늘어섰다. 그들과 마찬가지로 백철승의 팬이 된 지석은 이 모습을 3층 자신의 사무실에서 내려다보기만 해도 마음이 흐뭇해졌다. 악인이 처벌받는 사후세계가 열렸다니. 이제야 세상이 제대로 굴러가는 느낌이랄까.

    2년 전까지만 해도 지석은 '대체현실' 수리기사였다. 인간의 몸은 잠재운 채 의식만으로 가상세계를 체험하게 하는 대체현실 기술은 불과 10여 년 만에 인류의 생활상을 완전히 바꾸어 놓았다. 처음에는 대체현실 게임이 출시되어 인기를 끌었다가 점차 보건·의료 분야로 범위를 넓혀 장애인과 고령층을 위한 복지 서비스에 활용되었다. 급기야는 사후세계를 가상으로 구현한다는 금단의 영역에까지 쓰이게 되었다.

대체현실 산업은 유례없는 호황을 맞이했으나 모두가 대체현실에서만 시간을 보내려 했기 때문에 다른 산업은 만성 불황에 시달렸다. 말단 계약직이긴 했어도 유망 산업에서 일자리를 얻은 일은 지석에겐 커다란 행운이었다. 호시절은 오래 가지 않았다. 이런저런 이유로 지석은 회사를 그만둘 수밖에 없었다. 그리고 지금은 대체현실에 들어가 '뒤가 구린' 의뢰를 받는 일로 밥벌이를 하고 있다.

8인치 정도의 대체현실 접속기만으로도 사업을 꾸려 나갈 수 있지만 굳이 돈을 들여 사무실을 얻은 이유는 엄마의 눈치가 보였기 때문이다. 수십 년째 이어지는 극도의 취업난 속에서 힘들게 들어간 직장을 그만둔 후에는 사무실에서 숙식을 해결하는 날이 더 많았다. 안 그래도 비좁은 사무실에 식솔도 한 명 있었다.

"출근했습니다, 형님. 또 창밖만 보고 계시네요?"

"사장님이라고 해. 그리고 또 말하지만 난 외동아들이야."

"에이, 또 까칠하시네. 사장님은 볼수록 매력적이야."

지석의 핀잔에도 아랑곳하지 않는, 지석의 하나뿐인 직원 박용섭. 갓 스무 살이 된 용섭은 직업 게이머가 되고자 고등학교도 자퇴했으나, 소규모 유소년 게임단만 전전하다 성인이 됨과 동시에 방출되어 백수가 되었다. 지석이 열

살 가까이 차이 나는 용섭을 들인 것은 자의가 아니었다. 원래는 자신과 실력이 비슷한 동년배 기술자와 일했지만 녀석은 큰 사무실에서 스카우트 제의가 오자 지석을 버렸다. 이런 사연으로 지금 지석의 곁에는 놀라울 정도의 백치미를 뽐내는 용섭이 있게 되었다. 용섭의 무식은 상상을 초월했다. 대통령을 뽑을 때 한 명에게만 투표해야 한다는 것도 지석이 몇 번이나 설명해 주고서야 이해했을 정도였다. 그런 용섭이 지석은 보면 볼수록 만화 속 캐릭터처럼 느껴졌다. 얼굴은 멀쩡한데 늘 입술을 쑥 내미는 바보 같은 표정을 짓고 있어 더 그랬다. '저런 놈이랑 일하는 게 맞나?' 용섭을 볼 때마다 지석은 좋은 표정을 짓기 힘들었다.

"사장님, 오늘 올라온 완영순 2차 고해 영상 보셨어요? 진짜 재미있어요."

"못 봤어. 어땠는데?"

"그 새끼, 1차 때는 아직 반성 못 했잖아요. 이번에는 확실히 달랐어요. 막 턱을 덜덜 떨면서 유가족한테 죄송하다고, 잘못했다고 빌더라니까요. 거기가 지옥은 진짜 지옥인가 봐요. 사람이 그렇게 달라지는 거 보니까."

"너는 그런 걸 굳이 왜 찾아보냐? 난 그놈 얼굴 보기도 싫은데."

용섭도 백철승이 만든 가상의 지옥에 열광하는 대중이었다. 사실은 자신도 마찬가지라는 걸 들키고 싶지 않아 지석은 꾹 참고 무심한 척했다.

"뭐, 어쨌든 오늘 업무 시작해 볼까요? 사장 형님?"

용섭이 샐쭉 웃으며 말하더니 먼저 간이침대에 걸터앉아 바이크 헬멧처럼 생긴 대체현실 접속기를 머리에 썼다. 접속기는 두 단계를 거쳐 접속기를 쓴 사용자를 대체현실 세계로 인도한다. 먼저 사용자의 청각기관에 특수 주파수로 설계된 진동을 쏴 의식을 반수면 상태로 만든다. 그다음으로 머리를 감싸는 헬멧 헤드 부분 안쪽에 있는 센서들이 전자파를 발생시켜 뇌에 프로그래밍된 감각을 구현시킨다. 총 소요 시간은 고작 3초다. 지석도 얼른 접속기를 썼다. 귀를 울리는 주파수에 집중하자마자 눈앞에 어떤 영상이 펼쳐졌다.

지석이 도착한 곳은 지하주차장이었다. 시각적으로만이 아니라 지하주차장 특유의 축축한 습도, 서늘한 온도, 머리 위 배수관을 지나는 물소리, 그리고 비릿한 냄새까지. 정말로 지하주차장에 와 있는 듯했다. 하지만 이곳은 엄연히 가상현실이다. 옆을 돌아보니 용섭이 서 있었다. 곧이어 '끼익' 하는 브레이크 소음과 함께 검은 승합차가 코너를 도는 게 보였다. 지석은 얼른 의뢰 내용을 떠올렸다. 지석과 용섭이 접속한 곳은 '골드문'이라는 이름의 누아르 게임이다. 의뢰자는 자신의 조직과 적대 관계인 용민파를 묵사발 내 달라는 요청을 해 왔다. 간단한 의뢰였다. 그래서 지금 지석과 용섭은 용민파가 쳐들어오기로 예고한 호텔의 지하주차장에 온 것이다. 곧이어 쇠파이프를 든 십여 명의 깡패가 승합

차에서 쏟아져 나왔다. 용민파가 틀림없었다.

"곧장 해치웁시다, 형님! 나랑 이름이 비슷해서 무진장 기분 나쁘니까."

용섭이 과장되게 손을 뻗으며 기합을 내질렀다. 그러자 어디선가 토네이도처럼 강한 돌풍이 불어오는 바람에 용민 파 조직원들이 바닥을 굴렀다. 그때를 놓치지 않고 지석이 손을 뻗어 맨들맨들한 바닥을 끈적끈적한 풀 같은 재질로 바꿨다. 이것이 두 사람이 가상현실 세계에서 '해결사'로 활동할 수 있는 비밀이다. 다른 말로는 '체커(checker)'라고 불리는, 대체현실 세계의 해적이다.

PC 시절에 해커들이 하는 일을 대체현실이 일상화된 이 시대에는 체커가 수행했다. 하는 일도 비슷했다. 대체현실 서버에서 물리적으로 불가능한 일들을 체커들은 손쉽게 할 수 있었고, 그래서 사이버범죄의 원흉이면서도 온갖 일을 의뢰받는 해결사로 통했다. 타고난 감각을 통해 구현되는 체커로서의 능력은 사람마다 제각각이었다. 개중에는 바닥 에서 용암 불길을 만들거나 시간을 순간적으로 멈추게 하 는 무시무시한 능력을 가진 체커도 있었다. 공간을 살짝 변 형시키고 바람을 일으키는 정도인 지석과 용섭의 기술은 입에 풀칠하는 수준이었다.

용민파 조직원들이 질척해진 바닥에 붙어 허우적대는 사 이, 지석 콤비는 남는 쇠파이프를 들어 두더지 게임을 하듯 용민파들의 머리통을 내리쳤다. 대부분의 게임은 현실에서 사망할 정도의 큰 손상을 입으면 대체현실에서도 죽은 것으로 처리되어 한동안 접속이 불가능하게 세팅되어 있었다. 쇠파이프에 맞아 머리가 깨진 조직원들은 순식간에 투명해지더니 곧 사라졌다. 적어도 일주일은 골드문에 얼씬도 하지 못할 것이다. 바닥에는 그들이 가지고 있던 돈과 아이템만이 남았다.

지석과 용섭의 하루는 보통 이런 식으로 흘러갔다. 게임에 접속해 크고 작은 의뢰를 해결한다. 의뢰인이 강한 몬스터를 잡는 데 힘을 보태고, 라이벌 플레이어들과 벌이는 싸움을 도왔다. 때로는 대신 도박을 해 주거나 연애 게임에 들어가 커플 성사를 돕기도 했다. 의뢰인 태반이 미성년자였기에 때때로 회의감이 들었지만 4평짜리 낡아 빠진 사무실을 유지해야 했고, 나중에 엄마를 인공 사후세계로 보내기 위한 요금을 내야 했다.

"간만에 꽉 채워서 일했네. 형님, 저 보너스 주는 거 잊지 마시고 오늘은 좀 일찍 주무세요. 안색이 하루가 다르게 나빠져요."

용섭의 말에 지석은 상념에서 벗어나 비로소 현실 세계로 돌아왔다.

지석은 용섭이 퇴근하고 난 뒤에 사무실에서 혼자 가슴에 쌓인 케케묵은 감정을 달랬다. 대단치는 않았다. 1층 편의점에서 소주 두 병과 간단한 식사 거리를 산 뒤에 재빨리 위장에 들이붓고는 대체현실 환각 서버에 접속했다. 마약을 했을 때와 비슷한 감각이 느껴지는 환각 서버는 당연히 불법적인 방법으로만 접속이 가능했다. 지석은 팽이처럼 빙글빙글 도는 서울 상공을 날아다니다가 하늘을 떠다니는 커다란 뱀을 보기도 하고, 끝이 보이지 않는 깊은 바다로 한없이 유영하기도 했다. 이 짓을 최소한 3시간은 해야 잠을 청할 수 있었다.

최근 들어 한 가지 달라진 게 있다. 환각 서버 접속 시간을 한 시간 정도 줄이고, 아낀 돈을 백철승의 지옥 서버 사업에 후원하는 것이었다. 지석은 조금도 가학적인 사람이 아니었다. 누군가를 괴롭히기는커녕 하드고어 영화나 드라마도 보지 않았다. 그렇다고 괴롭힘당하는 자를 도와주냐고 하면 그것도 아니었지만. 그래도 집단이 발휘하는 광기를 보면 혀를 차는 쪽이었고, 거기 엮이지 않는 자신을 냉철한 사람으로 규정하곤 했다.

이번은 달랐다. 백철승의 '의거'를 보며 가슴이 웅장해지고 뜨거워짐을 느꼈다. 완영순의 악행을 곱씹으며, 그가 지옥 서버에서 당하고 있다는 처벌을 상상하는 게 통쾌했다. 그리고 최소한 지옥에 가 있는 그놈보다는 자신이 나은 삶을 살고 있다는 데 치사한 만족감 비슷한 것도 들었다.

죄책감 없이 마음껏 가학하고 관음하는 장이 열린 것처럼 사람들은 백철승이 만든 지옥 서버에 대해 말하고 또 말했다. 백철승은 완영순의 인권을 위해 자세한 처벌 내용은 밝히지 않겠다고 공언했지만 그럴수록 사람들의 추측은 더무성해져만 갔다. "군사 정권 시절 횡행했던 고문이 이루어지고 있다", "일제강점기에 행해진 방법을 쓰고 있다", "중세 유럽의 마녀사냥 때 쓰였던 고문을 하고 있을 것이다" 하며 사람들은 눈살을 찌푸리면서도 어딘지 즐거워했다. 덕분에 지지와 후원이 끊이지 않았고, 완영순 고해 영상은 매일 업데이트되었다.

대중의 관심을 끄는 데 천부적인 소질을 가진 백철승은 정보와 자극의 단계를 점차 올려 가며 흥미를 유발했다. 또한 완영순 외에도 살인, 강간, 유괴 같은 흉악 범죄를 저질렀지만 아직 죽지 않은 범죄자 리스트를 추가로 밝히며 다음 표적을 천명했다. 사람들은 이제 다음 탈취사건이 어디서 일어날지에 주목했다. 지석은 자신의 마음속에서 조금씩 자라나는 폭력과 관음이 어떤 의미인지 곰곰이 따져 보지 않았다. 나날이 비굴해져 가는 완영순의 얼굴을 보면 왠지 기분이 좋아지고 잠도 잘 왔다. 그걸로 만족했다.

완영순이 지옥 서버에 들어간 지 4일째 되던 날에 그의 눈에 눈물이 흘렀고, 5일째가 되던 날에는 엎드려 빌었다. 대중의 열광은 완영순의 반응에 비례해 더 커져 나갔다. 지석도 마찬가지였다. 하지만 지석은 6일째 올라온 영상을 보지 못했다. 그다음 영상도. 지석은 다시는 백철승이 만든 영상을 보지 않기로 다짐했고, 후원도 끊어 버렸다. 여섯 번째 영상이 올라온 날, 지석을 찾아온 한 사람 때문이었다.

가을비가 그치고 오랜만에 해가 고개를 내민 날이었다. 마침 용섭이 감기를 이유로 결근해서 지석도 일에서 손을 놓은 채 책상에 앉아 멍하니 창밖을 내다보고 있었다. 날씨가 개어 도천대로 건너편 빌딩 숲이 한눈에 들어왔다. 완영순 두뇌 탈취사건 이전에도 도천대로는 이리저리 얽힌 사연들로 유명한 곳이었다. 도천대로를 사이에 두고 동쪽에는 신흥 IT 기업들이 들어선 세련된 신산업단지가 형성되어 있었고, 서쪽은 사회에 제대로 진입하지 못한 청년들이 어중이떠중이 살아가는 도심 슬럼가였다. 지석의 사무실이 있는 곳은 당연히 서쪽이었다. 신산업단지에서 작은 집 한 칸을 살 돈이면 지석의 동네에선 그럴듯한 건물 한 채를 살 수 있을 정도였다. 사람들은 자조적으로 도천대로 서쪽을 '헬도천', 동쪽을 '헤븐도천'으로 구분해 불렀다. 건너편 사람들은 이쪽을 돌아볼 일이 없겠지만 지석은 건너편을 보며 자주 천국의 삶을 상상하곤 했다. 헬도천의 사람들은 곰

광이 핀 방에서 접속기를 뒤집어쓰고 대체현실에 열중해 살아가고 있었다. 헤븐도천의 사람들은 그럴 필요가 없었다. 현실이 가상보다 행복했기 때문이다. 지석이 감상에 젖어 있는 사이, 낡은 사무실 문이 '끼익' 소리를 내며 열렸다. 문을 열고 들어온 사람은 처음 보는 여자였다.

"대체현실 의뢰받는 분이죠?"

지석은 대답을 망설였다. 게임 의뢰를 하러 온 사람으로는 보이지 않았다. 그렇다고 다른 꿍꿍이가 있는 것 같지도 않았고, 과거에 본 적 있는 얼굴도 아니었다. 여자는 우물쭈물하다가 지석의 맞은편 의자에 조용히 앉았다. 지석의 눈에 마주 앉은 상대방은 돈이 될 만한 고객으로 보이지 않았다. 굳이 말하자면 첫인상도 별로였다. 이제 막 고등학교를 졸업했을까 싶었을뿐더러, 빈말이라도 그 나이대 특유의 밝음이 있다고는 말할 수 없는 음침하고 우울한 얼굴이었다. 비만에 가까운 큰 덩치에 자세도 구부정했다. 입고 있는 옷이 우중충한 것은 말할 필요도 없었다.

"무슨 일이신지……."

"아무리 어려운 의뢰도 다 받아 주는 분이라고 들었어요. 뉴랜드에도 과감하게 침투했던 체커 중 한 명이라고."

지석에 대해 제법 알아 온 모양이었다. 일의 난이도에 따라 목돈이 오갈 수도 있는 만큼, 이런 경우가 아예 없는 것도 아니라 지석은 심드렁했다.

"그건 내가 몸값 높이려고 낸 헛소문이고요. 왜 원격상담을 안 하고 사무실까지 찾아온 거죠?"

"사실 상담을 했어요. 근데 무슨 말인지 못 알아듣겠다고 거절하셔서……."

지석은 금방 용섭을 떠올렸다. 용섭이 고객의 말을 제대로 못 알아듣는 바람에 의뢰를 놓친 게 한두 번이 아니었다. 지석은 인내심을 가지고 끝까지 들어 보기로 했다.

"저희 직원이 받은 것 같은데, 한 번 더 말씀해 주세요."

"지옥에 있는 우리 엄마를 구해 주세요."

"뭐라고요?"

지석은 반문하지 않을 수 없었다. 여자는 미리 준비해 온 듯 차분하게 다음 얘기를 풀었다.

"저는 홍수경이고, 엄마 존함은 민혜주예요. 엄마는 1년 전에 자살했고요. 엄마도 이런 방법으로 죽음을 맞이하고 싶어 하지는 않았어요. A.L 컴퍼니에서 운영하는 뉴랜드는 아니어도 엄마는 행복한 사후세계로 가는 게 평생의 소원이라 작은 방 한 칸에 인터넷 서비스가 다였지만 저렴한 사설 서비스 중 하나를 골라 열심히 돈을 냈고요. 덕분에 몇 달은 그럭저럭 잘 지내셨어요."

"예, 무슨 상황인지 알겠네요."

지석은 관성적으로 고개를 끄덕였다. 흔한 사례였다.

전 세계에 수천만 명에 달하는 고객을 가지고 있고, 가장 크고 공신력 있는 회사가 운영하는 사후세계 서비스는 A.L

컴퍼니의 '뉴랜드'였다. 뉴랜드는 뉴욕, 파리, 서울 등 현실의 도시들을 그대로 재현했다. 물론 교외 지역도.

60개국의 합동 출자로 운영되는 뉴랜드는 말 그대로 지구가 공인하는 염라국인 셈이었다. 감각과 공간을 최대한 사실에 가깝게 구현했기에 죽은 자들이 자신의 죽음을 전혀 실감하지 못한 채 쉴 수 있는 낙원. 그만큼 요금도 비싸 5년이 지나자 금전적 부담을 감당하지 못해 떨어져 나가는 고객도 많이 생겼다.

대안이 있어야 한다는 목소리가 높아졌고, 때맞춰 인공 사후세계 기업에 대한 규제가 풀렸다. 그러자 시장에는 소규모 사후세계 회사들이 우후죽순으로 생겨나며 난립하기 시작했다. 질은 뉴랜드에 비해 한참 떨어졌고, 입주한 이들이 움직일 수 있는 공간도 한정적이었다. 2평 남짓 고시원만 한 공간만 제공하는 곳도 있었다.

어쨌든 죽은 이들의 자아가 소멸하지 않고 깨어 움직일 수 있으니 사람들은 그곳에라도 죽은 자신을 혹은 가족들을 보내고 싶어 했다.

수경의 다음 이야기는 의외였다.

"그런데 워낙 작은 업체라서 그런지 좀 더 큰 회사에 매각됐어요. 그 회사는 처음에는 서버 운영을 제대로 안 하다가 유가족들이 항의하자 한참 뒤에야 고객들한테 가족들을 확인시켜 줬어요. 문제는 다른 사람들은 그대로인데 저희 엄마만 감쪽같이 없어진 거예요."

"그러니까 그 회사의 사후세계 서버에 들어가서 어머니의 데이터를 복구시켜 달라, 그건가요? 미안하지만 그런 일은 변호사를 사거나 법원에 가야 할 것 같은데요."

"아뇨. 저희 엄마는 그냥 없어진 게 아니에요. 그 회사는 백철승이 소유한 업체들 중 하나거든요."

"아비치 게임즈 대표 백철승? 지옥 서버 운영자 말이에요?"

"네. 지금부터가 본론이에요. 저희 엄마는 그가 운영하는 지옥 서버에 들어가 있는 게 분명해요. 그놈은 악마예요. 저희 엄마처럼 기댈 데 없는 사람들을 사후세계 서버에서 빼내서 지옥 서버에 데려다 놓고 실험체로 썼어요. 완영순을 고문하기 전에 저희 엄마부터 고문하고, 반응을 실험했을 거라고요."

지석은 격양되어 숨이 가빠진 수경을 진정시키며 되물었다.

"잠깐! 지금 한 말, 근거 있어요? 백철승 대표 주변에 사람들이 얼마나 많은데요. 그런 일을 저질렀다는 게 말이 되나요?"

"근거가 있었다면 여기가 아니라 경찰서나 언론사를 찾아갔을 거예요. 제 추측이지만 확실해요. 백철승은 망해 가는 사설 사후세계 운영 회사를 여러 개 사들였어요. 뭐 하러 그런 일을 했겠어요? 지옥 서버를 만들기 위해서 실험할 대상이 필요했을 거예요."

수경은 진지했지만 지석은 홍수경이라는 여자애의 이야기에 거부감부터 일었다. 근거도 없으면서 다짜고짜 남을 모함하다니. 잘 나가는 사람들에게 흔히 따라붙는 고약한 악성 루머일 게 뻔하지 않은가? 나이는 어려도 음침한 분위기에 뭔가를 숨기는 사람처럼 한쪽으로 고개를 살짝 돌리고 앉은 자세부터가 신뢰가 안 갔다.

"잠깐, 난 그쪽 얘기 받아들이기 힘들어요. 솔직히 말하면 나도 백철승 대표를 지지하는 쪽이고요. 홍수경 씨 말이 맞다면 정당하게 문제를 제기하면 되잖아요."

지석은 더 들을 것도 없다고 판단했다. 용섭 때문에 아까운 시간만 버린 셈이다. 이번에야말로 단단히 주의를 주어야겠다고 마음먹었다.

"저, 정말 찾아갈 데가 여기밖에 없어서 온 거예요. 한 번만 더 생각해 주세요."

"싫다니까요. 만에 하나 홍수경 씨 어머니가 지옥 서버에 있다면 살았을 때 그럴 만한 죄를 지었으니까 간 거겠죠."

지석은 말을 던져 놓고 아차 싶었다. 뒤늦게 고인을 모욕할 필요는 없었다는 후회가 들었지만 이미 수습할 타이밍이 지나 버렸다. 다행인지 수경은 무덤덤한 얼굴로 고개를 끄덕였다.

"알겠습니다. 안녕히 계세요."

의외로 수경은 순순히 자리에서 일어났고, 지석은 안도

했다. 이로써 고객 상담은 아무 문제 없이 마무리되었다. 수경이 나갈 문을 잘못 선택했다는 점만 빼고는.

느릿느릿 의자에서 일어난 수경은 너무나 자연스럽게 창틀 위에 올라섰고, 곧장 아래로 뛰어내렸다. 지석이 바깥 경치를 보기 위해 열어 둔 창이었다. 너무 순식간에 일어난 일이라 말릴 생각도 하지 못했다. 지석이 한발 늦게 아래를 내려다봤을 때는 이미 최악의 상황이 벌어지고 난 후였다. 건물 1층 편의점 캐노피 그늘막은 푹 꺼진 채 주저앉았고, 수경은 길 바깥쪽에 세워 둔 검은색 바이크와 함께 쓰러져 있었다. 캐노피 천막에 튕겨 나간 뒤 바이크를 들이받은 모양이었다.

불행은 그 전기 바이크가 지석의 것이라는 점이었다. 그것보다 일단 지석은 서둘러 내려가 수경의 상태를 살폈다. 다행은 수경이 코로 숨을 쉬고는 있었다는 점이었다. 다만 이마에는 피가 잔뜩 묻었고 기절한 상태였다. 이후 몇 시간이 정신없이 흘러갔다. 누군가 119에 신고했고, 수경은 구급차에 실렸다. 지석은 구급차와 함께 출동한 경찰에게 상황을 설명했다. 수경과 만난 지 채 10분도 안 되었지만 그가 맡은 건 보호자 역할이었다. 머리가 복잡했다. 수경이 뛰어내리는 걸 막지 못한 책임은 어떻게 질 것이며, 혹여 잘못되기라도 하면 어떻게 대처해야 할까. 그리고…… 캐노피와 바이크 수리비는 어쩐단 말인가. 지석은 잔뜩 화난 얼굴로 현장을 치우고 있던 편의점 주인에게 자신의 연락처를 건

녠 다음, 바이크 상태를 확인했다. 양쪽 백미러가 박살 났고 몸체 부분에도 여기저기 금이 가 있었다. 다행히 시동은 걸려 서비스센터 방향으로 고개를 돌렸다. 수경이 실려 간 병원은 수리가 끝난 다음에 들를 예정이었다.

지석은 자동운행 모드를 켜고 서비스센터 주소를 입력했다. 스스로 움직이는 바이크에 앉아 겨우 한숨을 돌릴 수 있었지만 지석의 심장은 당장이라도 가슴을 뚫고 나올 것처럼 거세게 뛰었다. 정말 재수 없는 날이었다. '신이시여, 제발 남은 하루는 무사히 흘러가게 해 주세요.' 기도까지 했지만 이런 염원은 절대 이루어지지 않는 법이다.

역시나 사거리에서 신호를 받아 좌회전하고 있는데, 신호가 끝나기도 전에 반대편 차선에서 직진 차량이 머리를 들이밀었다. 지석이 급히 바이크 핸들을 꺾었고, 직진 차량도 급브레이크를 작동하여 속도를 줄였다. 간신히 충돌은 피했지만 지석과 바이크는 중심을 잃고 도로 위에 쓰러졌다. 안 그래도 상태가 안 좋았던 바이크는 쓰러진 순간 완전히 고장 났는지 시동도 꺼져 버렸다. 지석은 곧장 일어서서 차를 향해 삿대질했다.

"이봐, 신호 안 끝난 거 못 봤어!? 사람 죽이려고 작정했냐!"

그러자 운전석 문이 열리며 단정한 인상의 깔끔한 정장 차림 남자가 나왔다.

"죄송합니다. 저희는 자동운행 모드였는데, 혹시 선생님은 수동운행 모드였을까요?"

지석은 법적 유불리부터 따지려는 듯한 남자의 태도에
더 열이 받았다.

"나도 자동운행 모드였거든요? 그리고 지금 그쪽이 신
호를 위반했는데 그딴 게 중요해? 내 탓으로 덮어씌우려는
거야?"

"아닙니다, 선생님. 저희 차에 고장이 있는가 싶어 확인하
려고 여쭈었어요."

그제야 정신을 차린 지석이 자세히 살펴보니 남자가 타
고 있던 차는 명품차 중에서도 희귀한 모델이었다. 그러고
보니 생각이 났다. 국내에 세 대밖에 없다는 이 차량 중 한
대를 소유하고 있는 사람. 지석은 퍼뜩 떠오르는 이름이 있
어 몸을 살짝 숙이고 열려 있는 운전석 문 사이로 뒷좌석을
봤다. 지석의 예상이 맞았다. 거기에는 백철승이 앉아 있었
다. 이런 상황에서도 한눈에 그를 알아볼 수 있게 하는 건
돋보이는 외모 때문일까, 아니면 수백억 원에 달하는 재력
때문일까. 너무나 이상한 하루였다. 처음 본 여자가 사무실
에서 백철승에 관한 음모론을 말하고는 뛰어내렸는데, 그
걸 수습하는 길에 백철승의 차와 사고가 벌어지다니. 백철
승의 회사와는 도로를 사이에 두고 마주 보고 있으니 불가
능한 일도 아니었지만 지석은 이 일이 짓궂은 신의 장난처
럼 느껴졌다. 평소 같았으면 같이 사진 한 장 찍을 수 있겠
냐고 청할 수도 있었겠으나 상황이 상황이니 분노와 놀라

는 감정이 뒤섞여 어찌할 줄 몰랐다. 지석이 고장 난 인형처럼 멈춰 있는 사이, 운전자는 백철승에게 속삭이며 뭔가를 의논하는 것처럼 보였다.

"수리비와 치료비 다 줄 테니까 영수증 보내라고 해요, 그냥."

백철승의 목소리만은 또렷하게 들렸다.

다시 보니 백철승은 검은 얼룩이 섞인 하얀 고양이를 안고 있었다. 그는 고양이에게 눈도 떼지 않고 귀찮다는 말투로 남자에게 명령했다. 지석은 마음이 싸늘하게 식어 버리는 것을 느꼈다. 선량한 현자처럼 나대더니 이 불손한 태도는 뭔가. 자기 차 때문에 사고가 났으면 최소한 상대가 다치진 않았는지 살피는 척이라도 했어야지. 그에게는 일말의 감정 동요의 기색조차 없었다. 더 참을 수 없는 것은 그가 고양이가 다치지 않았는지는 유심히 살피고 있었다는 사실이었다. 고급차 뒷좌석에 있던 제 고양이만 소중하고 도로에 맨몸으로 자빠진 사람은 신경도 안 쓰이나? 지석은 화가 치밀어 올랐다.

"이봐요, 사람이 네 차 앞에서 굴렀는데 그딴 태도는 뭐야?"

"선생님, 죄송합니다! 면목 없습니다! 바이크, 최신 모델로 새로 주문하세요. 저희가 다 배상하겠습니다. 병원도 꼭 들르시고요.!"

지석은 연신 고개를 숙이며 명함을 내미는 운전자 때문

에 간신히 화를 눌렀다. 도로 위 상황은 정신없이 수습되었다. 지석이 갓길로 바이크를 치우는 사이 백철승의 차는 휭 떠나 버렸다. 지석은 고철업자에게 연락해 바이크 위치를 알려 주고는 즉시 새로 주문을 넣었다. 그리고 아까 받은 명함에 있는 연락처로 영수증을 보냈다. '아비치 게임즈 보안팀장 성태우.' 내친 김에 최고급 모델을 주문했지만 메시지를 보낸 지 5분도 지나지 않아 성태우는 지석의 계좌에 영수증에 찍힌 금액의 두 배에 해당하는 돈을 보내왔다. 깍듯한 사과도 잊지 않았다. 통장에 찍힌 돈을 보자 지석의 마음이 더 누그러졌다.

우여곡절 끝에 지석은 해가 다 저물어서야 병원에 도착했다. 간호사는 수경이 이마가 찢어진 것 외에는 큰 부상이 없고, 지금은 진통제를 맞고 잠들어 있다고 말해 주었다. 수경에 대한 다른 정보들도 알 수 있었다. 수경은 아직 스무 살 생일이 지나지 않은 법적 미성년자였고, 찾아올 가족도 없었다. 그 말인즉슨, 수경의 병원비를 낼 사람이 자신밖에 없다는 뜻이다. '돈도, 위로도 받아야 할 사람은 나 아닌가?' 지석은 그런 의문이 들었다.

"너 미쳤냐? 남의 사무실에서 무슨 행패야?"

지석은 항변했지만 머리에 붕대를 감은 채 깊이 잠들어 있는 수경은 대답이 없었다. 병실에 있는 TV에서는 백철승의 인터뷰가 나오고 있었다. 지석은 그를 예전과 같은 시선으로 볼 수가 없었다. 가식적이고 얄밉게 느껴졌다. 백철승은 또다시 파란을 일으킬 만한 이야기를 꺼냈다.

"오늘 다섯 개의 사이버 사후세계업체가 저희와 MOU를 맺고 협력을 약속했습니다. 이곳에 등록되어 있던 다섯 명의 흉악범죄자 신병을 저희 지옥 서버가 인수했습니다. 지금부터 명단을 알려드리겠습니다. 하나, 홧김에 차로 행인 다섯 명을 치어 죽인 박기범, 둘, 남편을 죽이고 두 의붓아들의 눈을 멀게 한 엄진숙, 셋, 원룸촌 연쇄강간 살인마 최원의, 넷, 자신의 직원 두 명을 살해 유기한 우창호, 다섯, 아동 유괴 살인범 고정은. 이름은 모두 가명이니 오해 없으시길 바랍니다. 이들은 모두 법원에서 확정판결을 받은 흉악범들이며, 형기를 채우기 전에 사망해 사설 사후세계업체에 등록했습니다. 성별과 나이는 제각각이지만 피해 회복을 위해 아무런 노력을 안 했고, 반성이 없었다는 공통점이 있습니다. 우리는 이 흉악범들의 유가족분들께 이미 결제한 사후세계 이용요금의 두 배에 달하는 위로금을 지급했습니다. 따라서 위 다섯 명의 흉악범죄자는 오늘부로 지옥에 들어가 완전한 반성을 할 때까지 처벌받을 것입니다."

백철승은 성공한 프로젝트를 보고하듯 짧지만 자신감 넘치는 브리핑을 마쳤다. 한마디로 이미 죽어서 사설 사후세계에 입주한 이들 중 흉악범죄자를 가려내 지옥 서버에 넣고 고문하겠다는 것이었다. 점점 영역을 넓혀 나가는 백철승의 지옥 서버 사업에 사람들은 열광하는 모양이었지만 지석은 왠지 모를 불길함을 느꼈다. 불현듯 아침에 수경이 했던 말이 떠올랐기 때문이었다. '백철승, 네가 뭔데?'

지석은 수경의 얼굴을 다시 봤다. 무엇을 보고 무엇을 들었기에 백철승이 무고한 사람을 해쳤다고 확신하는 걸까. 지석의 시선을 느꼈는지 수경이 힘겹게 눈을 떠 지석을 바라봤다. 그 눈빛이 슬프게 보였다.

"너 미쳤냐? 남의 사무실에서 무슨 행패야…….."

지석은 준비한 말을 되풀이했지만 처음처럼 후련하게 나오지 않았다. 조금 누그러진 지석이 한마디 덧붙였다.

"뭐……, 내가 반말하는 건 네가 아직 법적 성인도 안 된 나이라 그런 거야. 병원비 내가 대신 낸 것으로 퉁 치자."

"죄송합니다. 제가 죽었으면 치료비도 안 나왔을 텐데."

수경의 말은 진심으로 들렸다. 지석은 왠지 화가 났다.

"죽지 못해 죄송하다는 거야? 그렇게 섬뜩한 사과는 받기 싫어. 무슨 생각으로 뛰어내린 거야?"

"저는 정말로…… 절망적이어서. 그래서…… 진짜로 죽으려고요. 폐를 끼치려고 한 건 아니었습니다. 죄송합니다."

수경의 말에 지석은 화제를 돌리려 했다.

"엄마랑 엄청 친했나 봐?"

"모르겠어요. 아빠는 어릴 때부터 없었고, 엄마는 일하느라 자주 떨어져 살았어요. 죽기 몇 달 전에는 꼭 자기 좀 보러 오라고, 힘들다고 연락했었는데 제가 계속 무시했어요. 그러다 돌아가신 거라……. 미안해서……."

수경은 말을 제대로 잇지 못했다. 그 심정이 어떤지는 지석도 잘 알 수 있었다. 당장 제 생활도 못 챙기는 지석이 엄마 몫의 사이버 사후세계 입주비만은 밀리지 않으려 노력하는 것도 효심이 지극해서가 아니라 미안함 때문이었다. 살가운 아들은커녕 마주칠 때마다 뾰족한 말로 엄마를 다치게 하는 못난 성격을 어찌할 수 없었으니 돈으로나마 대신하려는 것이다. 사후세계 산업을 지탱하는 기둥이 죽음에 대한 공포라면, 그 산업의 실체를 키우는 가지는 가족들의 부채의식이었다.

　"솔직히 네 말이 믿기진 않아. 하지만 네 말대로라면 너희 엄마는 지옥 서버에서 고통받고 있다는 얘긴데, 그렇게 무책임하게 죽으면 엄마는 어떡하려고 그랬냐?"

　"핸드폰에 유서 써 놨어요. 제가 죽으면 보험금이 좀 나올 텐데, 그걸 아비치 게임즈에 기증해 달라고요. 그럼 미안해서라도 엄마는 풀어 줄 것 같아서……."

　"그런 비굴한 생각이 통할 것 같아? 숙이고 들어가면 더 밟으려고 들어. 그게 세상이야."

　"제 얘기를 듣는 사람도 아무도 없고, 설득할 자신도 없어서 그랬어요. 제가 멍청했네요."

　내내 무표정했던 수경이 부끄러운 표정을 지으며 시선을 피했다. 지석은 수경이 우울한 인간이긴 해도 남을 속이기 위해 없는 말을 지어내는 타입은 아니라고 생각했다. 그리고 크게 숨을 내쉬고는 물었다.

"날 찾아올 때 빈손으로 오진 않았을 텐데. 너, 예산 얼마 있어? 솔직히 말해 봐."

수경은 뜻밖이라는 듯 눈을 한번 둥글게 뜨더니 또박또박 대답했다.

"그때 직원이 알려 준 표준 의뢰비만큼은 준비했어요. 그리고 오늘 제 치료비는 제가 꼭 갚을 거예요. 제일 먼저 갚을게요."

"그래, 반드시 갚아. 그리고 요금은 현금으로 선불이야."

"제 의뢰, 받아 주는 거예요? 갑자기 왜……?"

"솔직히 아직도 네 말이 안 믿겨. 근데 저 백철승이라는 놈이 재수가 없어졌어. 단지 그 이유 때문이야."

3

다음 날, 지석은 일찌감치 잠에서 깼다. 전날 하도 희한한 사건을 많이 겪어서인지 사무실로 돌아와 머리를 기대자마자 곯아떨어졌다. 온갖 병원을 순회하며 거액의 치료비를 청구할 수도 있었겠지만 왜인지 그런 마음이 들지 않았다. 지석의 머릿속을 꽉 채우는 것은 수경의 이상한 의뢰였다. 대체현실 해결사로 활동하면서 이것저것 뒤가 구린 의뢰를 많이 받아 본 지석은 자신의 한 가지 감각을 신뢰했다. 겉과 속이 다른 인간을 구별해 내는 직감이었다.

지금 지석의 직감은 백철승에게 석연치 않은 무엇이 있다고 말하고 있었다. 지석은 해가 뜨자마자 일단 수경이 있는 병원으로 향했다.

"너, 뼈는 튼튼한가 보구나. 건물 3층에서 떨어져도 멀쩡하니."

놀랍게도 수경은 하루 만에 멀쩡히 걸어 퇴원할 수 있었다.

"어지간해서는 잘 다치지 않아요. 어릴 때 크게 아픈 뒤로는."

"젊어서 좋네. 그런데 오늘 시간 있니? 먼저 네가 왜 백철승을 의심하기 시작했는지부터 소상히 들었으면 좋겠어."

"일단 저희 집으로 가요."

지석은 말없이 수경의 뒤를 따랐다. 병원 앞에 널린 무인택시를 무시한 수경은 다리를 절뚝이면서도 걷는 쪽을 택했다. 집이 가깝구나 생각했지만 착각이었다. 1시간 가까이 걸어서 도착한 곳은 어느 허름한 건물이었다. 수경이 사는 곳은 건물 2층에 있는 원룸텔이었다. 입구를 열자 좁은 복도를 따라 다닥다닥 붙은 수십 개의 나무로 된 문들이 보였다. 수십 년이 넘은 곳이라 군데군데 패이고 습기를 먹어 썩은 곳도 있었다. 수경은 그중 하나를 열었다. 지석은 애써 태연한 척했다. 하지만 그다음에 펼쳐진 풍경 앞에서 벌어진 입을 다물지 못했다.

가슴 높이만 한 합판이 좁은 방을 다시 위아래로 나누었다. 이 합판은 아랫방 입장에서는 천장, 윗방 입장에서는 바닥인 셈이었다. '여기서 나가면 노숙을 해야 하겠지.' 지석이 생각에 잠겨 있는데, 수경이 능숙하게 문짝 옆에 놓인 작은 발판을 밟고 윗방으로 들어갔다. 굳이 말하자면 수경은 위층에 사는 모양이었다. 몇 달 전까지만 해도 고등학생이었을 수경의 지난 삶에 어떤 일들이 있었던 건지 지석은 알 수 없었다.

"잠시만 기다려 주세요."

그 말이 아니더라도 지석은 수경을 따라서 안으로 들어갈 마음이 없었다. 가뜩이나 작은 방에 변변한 가구나 소지품도 없이 백 팩 하나만 덩그러니 놓여 있었다. 미리 짐을 싸 놓은 것처럼. 능숙한 동작으로 가방을 가지고 내려온 수경은 지퍼를 열고 몇 번 바스락대더니 작은 칩 하나를 꺼냈다. 복사와 조작이 불가능한 특수 디스크였다.

"대체현실 녹화 자료인데, 저에게는 접속기가 없어서 볼 수가 없어요."

"뭘 녹화한 자료인데?"

"설명하면 긴데……. 엄마가 있던 인공 사후세계 서버예요. '스위트 홈'이요. 뉴랜드에 비하면 초라하지만."

그렇게 말하는 수경의 모습은 인생을 다 산 사람처럼 보였다. 수경은 다시 말을 이었다.

"이건 다른 분이 접속한 다음 녹화해 준 자료를 제가 건네받은 거예요."

"넌 이걸 보고 엄마가 지옥 서버에 끌려갔다고 추측했단 거지?"

"네."

수경의 답에 지석은 무언가 결심한 듯 말했다.

"내 사무실로 가자. 거기에 접속기가 있으니까."

수경은 작지만 분명하게 고개를 끄덕였다. 그리고 가방에서 뭘 꺼내더니 내밀었다.

"아, 그리고 이건…… 의뢰비 선금이에요."

정작 봉투 아래는 조그마한 글씨로 '보증금'이라고 적혀 있었다. 떳떳하지 못한 일을 의뢰받을 때는 꼭 현금을 받는다는 지석의 고집을 알고 있던 걸까? 시선을 의식했는지 수경이 재빨리 덧붙였다.

"제가 딱 맞춰 넣었어요."

"이 방 보증금을 뺀 거야? 그럼 이제 넌 어디서 살게?"

"숙식이 되는 일자리 구하면 돼요."

지석은 말없이 수경에게 받은 돈과 디스크를 주머니에 넣고는 앞장섰다. 수경의 집은 헬도천이라 불리는 도천대로 북쪽 블록의 끄트머리였고, 지석의 사무실은 반대쪽 끝인 헬도천 입구에 있었다.

사무실에는 이미 출근한 용섭이 자리를 지키고 있었다.

"얼레? 형님이 웬 여자랑 같이 와요?"

"새 의뢰인이야."

"안녕하세요. 홍수경입니다."

지석은 비밀이라도 되는 듯 용섭을 구석으로 끌고 갔다. 하지만 4평짜리 사무실이라 외려 모양새만 우스워졌다.

지석의 설명이 끝나자 수경이 간신히 한마디를 덧붙였다.

"저희 엄마는 범죄자가 아니에요. 그리고 엄마 말고도 무고한 사람들이 거기 있어요."

두 사람은 말문이 막혔다.

"영상이 있다니까 일단 확인해 보자. 너도 들어와."

지석이 먼저 접속기를 썼다. 용섭은 미심쩍은 표정으로 수경의 눈치를 살피다 지석을 따라 접속기를 머리에 뒤집어썼다.

정신을 차려 보니 지석은 양쪽 벽에 어깨가 닿을 정도로 좁은 복도에 도착해 있었다. 대체현실 속에서 녹화된 영상이라 의지대로 몸을 움직일 수는 없었다. 영화를 보듯 영상을 녹화한 인물의 시점을 그대로 따라갈 수만 있었다. 주위를 둘러보니 복도 양쪽에는 작은 문들이 일정한 간격으로 붙어 있었다. 수경이 사는 원룸텔 복도와 놀라울 정도로 비슷하다고 지석은 생각했다. 죽은 엄마와 살아 있는 딸에게 똑같이 관 같은 공간만 주어져 있는 셈이었다. 한 가지 차이가 있다면 이 대체현실 속 복도는 끝이 보이지 않을 정도로 길다는 것이랄까.

영상을 찍은 사람은 '민혜주'라고 적힌 문패가 달린 문을 열고 안으로 들어갔다. 수경이 말했던 엄마의 이름이었다. 안쪽도 열악하긴 마찬가지였다. 가구라고는 싱글 침대와 옷장과 벽면에 달린 모니터가 전부였는데, 놀랍게도 그것들만으로도 꽉 찰 만큼 좁았다. 그래도 깨끗하게 치워져 있었다. 멀미가 날 정도로 어지럽게 사방을 둘러보던 영상은 잠시 후 침대에 고정되었다. 녹화자는 손을 뻗어 침대를 조금 잡아당겼다. 그러자 침대에 가려져 있던 벽면 아래쪽이 드러났다. 지석은 흠칫 놀랐다. 벽에 뭔가가 있었기 때문이다. 영상을 따라 벽으로 가까이 다가갔다. 벽지에 날카로운 물건으로 긁어놓은 것처럼 흠집이 나 있었고, 흠집은 문장을 이루었다.

'나는 지옥에 끌려간다.'

그 글자를 한참 비추더니 툭 하고 영상이 끊겨 버렸다.

접속기를 벗고서도 지석은 한동안 말이 없었다. 답답한지 용섭이 먼저 반응을 보였다.

"엥, 이게 뭐예요? 벽에 지옥에 갔다고 적혀 있다고 이 사람이 진짜 지옥에 갔다고요? 형님, 바보도 이런 건 안 믿는다고요."

그 말에 수경이 입을 열었다.

"여긴 저희 엄마가 들어간 스위트 홈이라는 인공 사후세계 서비스예요. 스위트 홈을 만든 회사는 부도 직전이었는데, 몇 달 전에 백철승의 아비치 게임즈에 팔렸어요. 스위트 홈에 있던 사람들은 그대로 이관되고요. 그 안에서도 누군가 여기 있는 몇몇이 백철승이 만든 지옥 서버로 강제이동될 거라고 미리 상황을 파악했던 것 같아요. 그래서 엄마가 표식을 남겼고요."

수경의 설명에 용섭이 팔짝 뛰었다.

"아니, 아니, 아니. 그럴 리가 없다니까요. 백철승 대표는 그럴 사람이 아니에요. 거지나 다름없는 집안 출신인데 막

일로 고학하면서 4년 장학금을 받고 명문대에 다녔고요. 나라 추천으로 유학도 다녀왔어요. 그것도 죄다 조기 졸업이에요. 게다가 버는 족족 기부도 엄청 많이 했어요. 나 같은 사람들이랑은 사이즈 자체가 다르다니까요. 실수로라도 죄 없는 사람을 지옥 서버에 가뒀다? 에이, 말도 안 돼요."

지석은 한숨을 쉬었다. 용섭은 지석의 생각보다도 훨씬 더 백철승의 극렬 추종자가 되어 있었다. 냉정하게 따지면 수경보다는 용섭의 이야기가 더 설득력이 있었다. 지석 자신만 해도 어제의 교통사고와 자신의 직감 외에는, 설득력 있는 증거를 가진 게 아니니까. 그래서 전략을 바꾸기로 했다.

"용섭아. 난 수경이 얘기가 충분히 타당하다고 생각해. 너, 형 못 믿겠어?"

"형님, 그래도 이건……."

지석은 용섭에게 처음으로 자신을 '형'이라고 칭했다. 예상대로 용섭의 눈빛이 조금 흔들렸다.

"난 네가 다 좋은데 자신감이 없는 게 탈이라고 생각해. 네가 어디가 어때서? 넌 고등학교 때부터 자기 꿈에 도전했고, 프로선수도 거의 될 뻔했잖아. 지금은 어엿한 사회인으로 일도 잘 해내고 있고. 백철승이 너보다 나을 거 하나 없어. 그러니까 스스로의 판단만 믿고 행동해."

이 단순한 회유에 감정이 동요했는지 용섭의 눈가가 촉촉해졌다.

"형님. 저야 무조건 형님이랑 같이 가죠."

손쉽게 용섭을 포섭한 지석은 다시 수경에게 물었다.

"영상 내용보다 더 궁금한 게 있어. 이 영상을 녹화해서 너한테 준 사람이 누구지?"

그러자 찔리는 데가 있는 것처럼 수경이 말을 더듬었다. 지금까지와는 다른, 큰 반응이었다.

"그, 그, 그건 왜요?"

"아무리 영세한 회사라도 인공 사후세계 서버는 살아 있는 사람의 출입을 금지해. 사후세계 특별법으로까지 제정되어 있으니 정부가 보증하는 보안 프로그램만 써야 하지. 상식이잖아. 그러니까 사후세계 서버 안에 들어가는 것도 모자라 영상까지 캡처해서 나오는 건 운영자들에게도 불가능한 일이라고 봐야 해. 그걸 뚫고 들어갔다는 건 보통 기술이 아니라고. 그러니까 나는 이 영상을 만든 사람한테 협조를 꼭 받아야겠어."

수경의 표정에서 분명하게 당황한 기색이 엿보였다. 지석은 사건을 푸는 열쇠가 여기 있을 거라고 확신했다. 수경보다 앞서서 사후세계 서버에 들어간 사람들이 없어졌고, 이 일에 백철승이 관계되어 있다고 의심하기 시작한 사람이 있다는 것. 그리고 그가 사후세계 서버를 뚫고 침투할 만한 뛰어난 기술을 지니고 있다는 것. 그 방법으로 지석 일행도 지옥 서버에 침투할 수 있으리라.

지석은 자신의 직감이 맞을 것 같다는 예감이 들었다. 그리고 그걸 확인해 보고 싶다는 묘한 승부욕이 생겨나기 시작했다.

"명심해. 사후세계 서버들은 나와 용섭이가 받는 게임 의뢰처럼 오픈 네트워크가 아니야. 들어가는 길부터가 난관이니까 네가 최대한 협조해야 해. 의뢰자는 홍수경, 너잖아."

하지만 수경은 재갈을 문 것처럼 다문 입을 열지 않았다. 어떤 일이 생겨도 비밀을 보장하겠다고 단단히 약속하고 받은 영상일 터, 일단은 수경에게 시간을 주기로 했다.

"어제 사고도 있었는데 오늘은 이만 쉬어라. 근데 너, 숙식이 제공되는 일자리를 찾는다고 했지? 내가 소개해 줄 테니까 같이 가자."

지석은 사무실과 걸어서 10분 정도 떨어져 있는 건물로 수경을 인도했다. 오래전에 작동을 멈춘 것 같은 엘리베이터 대신 계단을 따라 8층까지 올라간 지석이 문을 열었다. 곧이어 방금 자다 깬 듯한 투실한 60대 여자가 지석을 맞이했다.

"엄마, 홍수경이라고 내 친구인데 며칠 재워 줘."

지석의 엄마는 퀭한 눈으로 두 사람을 번갈아 바라봤다.

"친구는 아닌 것 같은데. 너, 얘한테 협박당했니?"

지석이 아니라 수경에게 하는 말이었다.

"아, 아니에요."

당황한 수경이 손사래를 치면서 답했다.

"무슨 그런 질문을 해? 내가 범죄자야?"

"직장도 안 다니는 게 집에 들어오질 않으니 그렇게 생각할 수밖에."

지석의 엄마는 심드렁하게 한마디를 던지고는 자신의 방으로 쑥 들어갔다. 멋쩍어진 지석이 한번 웃어 보이더니 현관 바로 옆의 문을 가리키곤 먼저 들어갔다. 수경도 지석을 따라 방 안으로 들어갔다. 하지만 여기저기 널린 옷가지와 먹다 그대로 둔 과자 부스러기 등은 생각지 못했던 듯했다. 지석이 황급히 눈에 보이는 것들을 치우곤 바닥에 앉자, 수경도 가방을 내려놓고 바닥에 앉았다. 어색한 와중에 지석의 엄마가 귤 두 개를 가져와 두 사람에게 하나씩 던져 주고는 팔짱을 낀 채 방문에 기대 섰다. 의심 가득한 표정이었다.

"어린 친구가 잘 곳이 없다고? 혹시 가출?"

"아뇨. 그런 건 아니고……. 엄마가 돌아가셔서 저 혼자 사는데 오늘이 방을 빼는 날이었어요."

"어릴 때 열병 앓았나 보네. 왼쪽 귀가 잘 안 들리나 보지?"

"네……."

엄마의 말에 흠칫한 지석이 너무 힘을 준 나머지 귤껍질을 까던 손톱에 과즙이 '픽' 하고 튀었다. 수경의 고개를 돌리고 삐딱하게 대화하는 태도가 불량하다고만 생각하고 못마땅해했지, 한쪽 귀가 잘 안 들려서라고는 생각하지 못

했다.

"지석이, 네가 일목요연하게 정리해 봐. 나 출근하려면 얼른 더 자야 하니까."

"수경이는 오다가다 알게 된 동네 친구야. 지금은 사정이 있지만 일자리만 구하면 나갈 테니까 그사이에 내 방에서 잠만 자게 해 줘. 청소는 알아서 할 거야. 그리고 수경이, 너. 예상했겠지만 이쪽은 우리 엄마야. 내가 회사 잘리니까 불안하다면서 얼마 전부터 야간청소 일을 시작했어. 밤에 출근하고 아침에 들어오지. 엄마는 낮에 자고 밤에 나가니까 넌 밤에 자고 아침에 나가. 그럼 안 마주칠 거야. 이상 상황 정리 끝."

엄마는 떨떠름한 얼굴로 입맛을 '쩝' 다시더니 먼저 손을 내밀었다.

"그래. 난 남 일에 관심 없는 여자니까 알아서 지내다 가."

"가, 감사합니다."

이렇게 상황은 일단락되었다. 지석의 방 새 주인이 된 수경은 얼마 만인지도 모를 깊은 잠에 빠져들었다. 대낮인데도 새벽처럼 깜깜한 방이었다.

지석이 수경을 자신의 방에 집어넣고 다시 사무실로 돌아오자 용섭이 새로운 소식을 전해 주었다.

"형님, 백철승 대표 새 동영상 봤어요?"

용섭은 이제 대놓고 지석을 형님이라고 부르더니 보겠다는 얘기도 안 했는데 자신의 태블릿을 들이밀었다. 아비치 게임즈 공식 페이지에 올라온 이번 영상은 지금까지의 영상들을 전부 합친 것보다 높은 조회 수를 기록 중이었다. 영상의 분위기도 완전히 달랐다. 이전까지는 좁은 밀실에 죄인을 꿇어앉히고 생전의 죄를 따져 묻는 내용이었다면, 이번 영상은 감옥 밖에서 그들의 반응을 기록하고 있었다.

완영순은 지석의 사무실 크기만 한 방에 푸른색 죄수복을 입은 채 갇혀 있었다. 방에는 아무런 물건도 없었고, 누구도 그를 건드리지 않았는데도 완영순은 갑자기 펄쩍 뛰어오르며 비명을 질러 댔다. 하도 날카로워서 소름이 돋을 정도였다. 점프 컷으로 편집된 영상에서 완영순은 바닥에 누워 있기도 했고, 구석에 쪼그려 앉은 채 덜덜 떨기도 했다. 또 고함을 지르며 벽을 두드리기도 했다. 그러다가도 한순간 강렬한 고통이 찾아온 것처럼 울부짖으며 바닥을 굴렀다. 그가 보이는 반응이 너무나 생생하여 도저히 연기나 합성이라고는 믿을 수 없었다.

"이게 뭐야?"

"완영순 처벌 장면이요. 사람들이 다 궁금해했잖아요. 지옥 서버에서 무슨 고통을 주는지. 제일 궁금한 장면을 오늘 보여 준 거래요."

"그건 알겠어. 근데 대체 무슨 고문을 당하면 저런 반응이 나오는 거야?"

"자세한 건 또 안 밝혔어요. 정보 다 안 까고 사람 궁금하게 만드는 게 특기잖아요. 해석이 엄청 많아요. 바닥이 순식간에 뜨거워져서 사람을 굽는 거라는 얘기, 죄수복에서 엄청난 전류가 나온다는 얘기, 또 아비치 게임즈 직원이 고문하는데 그 부분은 자르고 완영순 반응만 편집한 거라고 말하는 사람도 있어요. 장난 아니죠, 형님?"

용섭이 뭘 보고 장난이 아니라고 하는지 지석은 이해할 수 있었다. 짤막한 영상이지만 위압감은 엄청났다. 보기 불쾌해서 눈을 돌렸다가도 이내 다음 장면이 궁금해졌고, 몇 번이라도 영상을 다시 돌려 보고 싶어졌다. 잔혹함은 그런 마력을 지닌다. 지석은 영상이 역겹고 백철승이 두려웠다. 하지만 수많은 이들을 괴롭혔던 악귀가 끔찍한 고통을 당하는 모습이 너무 짜릿하단 걸 부정할 수는 없었다. 금방 중독되어 버릴 것 같은 위기감마저 느꼈다.

"이걸 보고 넌 무슨 생각이 들었어?"

지석이 용섭이 들고 있는 태블릿 화면을 손으로 가리며 물었다.

"진짜 쩔었죠. 솔직히 좀 무섭기도 했어요. 너무 생생해서. 근데 자꾸자꾸 보게 되는 거 있죠. 형님 오시기 전까지 10번 넘게 돌려 봤다니까요."

"그만 봐. 지옥 서버에서 완영순을 고문한다는 건 이미 알고 있었잖아."

"그게 직접 보니까 또 다른 느낌이니까 그러죠. 참, 형님은 죄짓고 죽은 범죄자들이 어느 사후세계 서버에 들어가 있는지 고발하는 신고 사이트가 생긴 건 아세요?"

용섭은 특종이라도 잡은 기자처럼 흥분해서 지석에게 사이트를 보여 주었다. 검은 바탕에 빨간 글씨로 '지옥 서버 예비 수감자 블랙리스트'라는 살벌한 제목이 적힌 페이지가 보였다. 벌써 수만 개의 글이 올라와 있었다.

"이것도 백철승이 만든 거야?"

"아뇨. 시민들이 자발적으로 만든 거예요. 확실히 밝혀진 정보만 추려서 아비치 게임즈에 제보하겠대요. 미쳤죠? 다들 미쳐 있어요."

그렇게 말하는 용섭의 눈은 어떻게 보면 빛나는 것 같기도 했고, 다르게 보면 뭔가에 씌어 있는 듯도 했다.

용섭의 말처럼 지옥 서버는 블랙홀처럼 커다란 자장을 만들어 모든 이슈를 집어삼키고 있었다. 다수의 추종자와 소수의 비판자 모두 극단적으로 목소리를 높였고, 이 광기는 다분히 백철승이 유도한 것처럼 보였다. 지옥 서버 운영을 위한 펀딩은 오픈 첫날에 벌써 목표액의 열 배가 넘는 금액을 모았다. 명분과 자본을 모두 획득한 지옥 서버가 몸집을 불리는 것은 시간문제처럼 보였다. 이쯤 되면 국가가 나서서 과열된 대중을 중재할 법도 한데, 정부 기관이나 A.L 컴퍼니 모두 수상할 정도로 조용했다. 수경이 사무실에 오지 않았다면, 의뢰를 거절당한 뒤 뛰어내리지 않았다면, 백철승의 차와 사고가 나지 않았다면……. 지석은 자신도 백철승을 응원했을 게 분명하다고 생각했다.

"근데 형님, 정말로 지옥 서버에 침투할 자신 있어요? 옳다, 그르다를 떠나서요. 실제로 가능하냐 이거죠. 게임 접속하듯 아무렇게나 들어가는 데가 아니잖아요."

"비유하자면 우린 금고를 따는 사람들이지. 너도 알다시피 은행 벽을 부수고 침투하는 기술은 없어. 그건 그쪽 기술자의 도움을 받아야 해."

그 말에 용섭은 난처한 표정을 지었다.

"누가 이런 일을 도와주려고 할까요? 전 그게 제일 걱정이에요."

지석도 정확히 같은 지점에서 우려가 들었다. 이 의뢰에 착수한다는 것은 시작부터 여론전에서는 지고 들어간다는 의미다. 대중의 응원을 받지 못한 싸움은 실패 확률이 높을 뿐만이 아니라 실패했을 때 입는 피해도 엄청날 게 분명했다. 지석이 수경에게 받은 돈을 그대로 서랍에 넣어 둔 것도 만에 하나 일이 잘못되면 돈을 돌려주고 계약을 엎기 위해서였다.

보름 후, 그날도 지석은 용섭과 함께 잡다한 의뢰를 몇 건 처리하고 하루 업무를 끝냈다. 사람들의 관심사가 온통 지옥 서버에 가 있어서인지 자신의 생계도 그렇지만 모두의 앞날도 불투명해 보였다. 의뢰 건수가 눈에 띄게 줄었다. 앞으로 어떻게 되려는 걸까. 어쨌거나 오늘도 지석은 혼자 술을 마셨다. 매일 술을 마시고 있다는 사실을 알면서도 모른 척했다. 취하면 다음 단계로 울적한 기분에 젖었다. 마지막으로 죽은 후 1년간만 뉴랜드에 머물다 스스로 존재 연명을 포기한 여자친구가 떠오르면 견디기 힘들었다. 여자친구처럼 스스로 뉴랜드를 떠난 이들은 한둘이 아니었다. 모두가 기술을 통한 영생을 말하지만 그만큼 매일같이 죽음에 사로잡혀 살아가고 있다는 모순. 그것이 집단적 우울증이라는 병폐를 낳았다. 지석이 환각 서버에 접속하기 위해 접속기를 만지작거리는 사이, 문밖에서 '똑똑' 노크 소리가 들렸다.

"사장님. 저 홍수경인데요."

공포심에 순간적으로 심장이 오그라들 것 같았던 지석은

목소리를 듣고 안도했다.

푹 쉰 모양인지 수경의 얼굴은 한층 나아 보였다. 그러자 간이침대 위에 널린 술병과 벌게진 자신의 얼굴이 부끄러웠다.

"집에는 안 들어오시고 여기서 주무시는 거예요?"

"뭐. 어차피 난 떳떳한 아들도 아니니까 최대한 얼굴 안 비추는 게 효도야."

"왜 떳떳하지 못해요?"

수경의 질문에 지석이 잠시 뜸을 들이곤 말했다.

"이래 봬도 원래 나 수리기사였어. 그것도 꽤 괜찮은 기업의. 2년 전만 해도 멀쩡한 직업도 있고 월급도 받았는데, 지금은 닥치는 대로 아무 일이나 하고 있잖아. 그것도 당당하게 말 못 하는 일."

"우리 엄마도 그랬을지 모르겠네요. 떳떳한 엄마가 아니라고 생각해서."

수경은 풀이 죽은 모습이었다.

"너희 엄마가 왜?"

"엄마는 아무 재주도 없었어요. 일도 서툴러서 한군데서 오래 못 일했고요. 덕분에 맨날 허덕이고 살아서 힘들었는데 죽어서도 그러는 게 불쌍해요. 더는 고통 안 받고 이대로 사라졌으면 좋겠어요."

뭐라고 해 줄 말이 떠오르지 않았다. 지석이 어색해한다는 걸 느꼈는지 수경이 얼른 여기 온 이유를 밝혔다.

"지금 같이 가 봐요."

"어딜?"

"영상 녹화한 사람이요. 소개해드릴게요."

뜻밖의 제안에 지석은 정신이 번쩍 들었다. 밤 11시가 훌쩍 넘었다. 누군가를 소개받기에는 어울리지 않는 시간이다.

"너, 자다 깨서 낮과 밤이 헷갈리는 거 아냐?"

"지금 가야 볼 수 있어요."

밤에 가야 볼 수 있다는 말이 꺼림칙했지만 지석은 수경을 따라나서기로 했다. 일단 물티슈로 얼굴을 닦고 구강세정제로 입을 헹구었다. 술기운이 완전히 지워지지 않았지만 어쩔 수 없었다.

수경과 지석은 폐쇄된 쇼핑센터에 도착했다. 세 들어 있던 대형 아웃렛이 도산한 뒤 몇 년째 버려져 있는 건물이었다. 건물 1층에 심야에만 열리는 마켓이 생겼다는 소문을 들은 기억이 났다. 사진 촬영은 물론이고, 전기와 수도도 끊겨 등과 촛불로 빛을 밝히고 화장실을 쓰려면 야외에 설치된 간이화장실을 이용해야 한다는 비밀스러운 마켓. 그래서인지 다소 위험한 거래도 벌어진다고 했다. 수경은 슬레이트 덧문을 열고 건물 안으로 들어갔다.

1층 여기저기서 은은한 불빛이 새어 나오고 있었다. 사무용 파티션과 긴 천으로 대충 구획이 지어진 가게들이 즐비

했다. 심야 외출을 나온 친구나 연인이 가게들을 돌아다니며 물건을 구경하는 모습이 보였다. 대부분 젊은 사람들이었다. 수경을 따라 건물 안으로 들어가는 동안 지석은 평생 본 적이 없는 기묘한 물건들을 봤다. 사람의 배양 세포로 만들었다는 괴기스러운 장식품들, 세련된 모양의 부적들, 알록달록한 램프에 연결된 물담배들. 들어 본 적은 있지만 본건 처음이었다.

군데군데 입구를 가린 가게들 중에서 수경이 한 가게 앞에 멈추었다. 수경을 따라 들어간 가게는 가운데 수술대처럼 보이는 높은 침대가 있었다. 사장으로 보이는 여자가 돌아앉은 채 음악을 듣고 있었다.

"언니, 저 왔어요. 이쪽은 전화로 말씀드렸던 분이에요. 도지석 사장님이라고."

가까운 사이인 것처럼 수경이 다정하게 말을 걸었다. 진열장 가득한 수술 도구 같은 기계들을 보자 지석은 왠지 오싹해졌다. '타투를 하는 곳인가?' 솔직히 그보다는 한층 더 무시무시해 보였다.

"그분이구나. 앉아요."

여자가 방문객들 쪽으로 돌았다. 얼굴을 봤지만 나이를 가늠하기는 어려웠다. 분위기로는 지석보다 연상 같아 보였지만 작은 얼굴에 얹어진 커다란 뿔테안경 덕분에 한참 어려 보이기도 했다. 지석은 사장 맞은편에 놓인 의자에 앉았다.

"굳이 날 보고 싶다고 했다죠. 왜?"

"그게……. 수경이가 보여 준 영상을 봤어요. 어떻게 녹화했는지 궁금해서요."

여자는 잠시 뜸을 들이더니 입을 열었다.

"합법적으로 나온 영상은 아니에요. 그 정도는 알죠? 그러니, 나는 그쪽 입이 무겁다는 보장이 있어야겠는데."

"있어요."

사장이 미심쩍어하자 지석이 목소리를 높였다.

"그건, 저도 공범이 될 거니까요. 맞아요. 방법만 알려 주시면 저희가 똑같은 방법으로 침투할 계획이에요. 백철승이 만든 지옥 서버에."

지석의 당돌함에 사장은 조금 놀란 기색이었지만 곧장 여유로운 미소를 지어 보였다.

"위험한 사람이네, 소문처럼. 체커로 일한다고 했죠? 얼핏 들었어요."

"전 의뢰자 비밀은 철저히 지켜요. 사장님도 수경이랑 비슷한 사연이 있는 거 아닌가요? 그게 아니면 무리해서 그런 영상을 만들 필요도 없었을 테니까요. 그러니 방법만 공유해 주시면 사장님 가족도 구출할게요."

"가족이 거기 있긴 하죠. 근데 구출할 필요는 없어요. 지옥에 들어가도 싼 인간이니까."

"네? 그게 무슨……."

아까의 미소는 온데간데없이 여자는 차갑게 말했다.

"자동차로 공원에 돌진해 지나가는 사람 다섯 명을 치어 죽인 박모 씨 이야기 알죠? 백철승 대표가 지옥 서버에 보냈다고 발표한 흉악범. 그 사람이 내 생물학적 아버지예요. 난 그 인간이 지옥에 들어간 거엔 찬성해요. 수경이 엄마처럼 억울한 사람이 들어가면 안 되니까 도와준 거지. 그러니까 나한테는 이 이상 협력할 이유가 없다는 거죠."

지석은 말문이 막혔다. 공원 살인범 사건은 한때 세상을 떠들썩하게 만들었다. 회사에서 폭언을 들었다는 이유로 죄 없는 다섯 명을 차로 뭉갰다는 인터뷰 기사가 아직 지석의 기억에 남아 있었다. 아내와 딸이 있었다고 했는데, 그때 그 딸이 지금 자신의 눈앞에 있다니. 지석은 어떻게 반응해야 좋을지 몰라 난감했다.

"그러셨군요. 제가 괜한 소리를……."

"보시다시피 이 가게도 겨우 꾸리는 인생이라서요. 먹고살기가 빡빡해 나도 위험을 무릅쓰기는 곤란해요."

지석은 방법을 바꿔 보기로 했다.

"근데 여긴 뭐 하는 가게인지 여쭤봐도 될까요?"

절반은 진심이 섞인 질문이었다.

"주로는 몸에 센서를 심어 주는 가게예요. 대체현실에 들어가 더 잘 느끼라고."

"어떤 센서요?"

"여러 가지. 그건 자신이 뭐에 민감한지에 따라 다르겠죠? 시각, 후각, 촉각, 미각, 청각. 하지만 우리 가게에서 제일 인기 있는 시술은 성기에 하는 거예요. 성감이지. 더 설명 안 해도 되죠?"

대체현실에 중독된 사람들은 더욱 선명한 감각을 느끼기 위해 불법도 마다하지 않았다. 보기에 따라서는 중독 수준인 지석이 누구보다 잘 알았다.

"요즘 많이 한다고는 들었어요. 그럼 약물도 취급합니까?"

"내 전공은 하드웨어라서요. 소프트웨어 담당은 따로 있어요. 최면술사라고요. 약물만이 아니라 대체현실 최면술도 쓰고, 그걸로 심리치료도 해요. 흥미 있으면 연락처 줄까요?"

여자는 능글맞게 웃어 보였다.

"아뇨, 그럴 시간은 없겠네요. 이제부터 지옥 서버에 어떻게 침투할지 고민해야 해서요."

지석은 그만 자리에서 일어나려 했다. 수경에게도 나가자는 눈짓을 보내는데 사장의 한마디가 지석을 붙잡았다.

"도지석 씨. 하나만 물어볼게요. 지옥 서버에 반대해서 이런 일을 하는 거예요?"

이왕 이렇게 된 거 지석은 솔직해지기로 했다. 여자는 용섭처럼 자신의 의도에 쉽게 포섭될 인물이 아니었다.

"솔직히 원래는 대찬성했어요. 근데 백철승은 어째 좋게 안 보이네요, 저는. 물론 근거는 없어요. 내 느낌일 뿐이니까."

그러고는 정말로 자리에서 일어서려고 할 때였다.

"끈기도 없이 이대로 갈 거예요? 난 조금 도와주는 쪽으로 기울고 있었는데."

그 말에 자신도 모르게 큰 소리가 나왔다.

"네? 진심이에요?"

"감각은 주관적이라 이런 일은 살아 있는 몸에 직접 해보지 않고는 답이 안 나와요. 난 백철승이 고통을 설계하기 위해 먼저 인체실험을 했을 거라고 확신해요. 수경이 엄마처럼 외부에 공표되지 않은 희생자들한테요. 내가 직접 침투는 못 하지만 방법은 알려 줄게요. 나한테 절대 불똥 튀지 않겠다고 약속하면."

"당연하죠. 그럴 일, 없을 겁니다."

사장은 처음으로 진실한 미소를 보였다. 그러고는 뒤쪽 진열장 아래 서랍을 열었다. 여자가 꺼낸 것은 대체현실 접속 헬멧만 한 크기의 택배용 상자였다.

"접속기가 대체현실이랑 뇌를 연결할 때 전자파를 사용하잖아요? 이건 그 파장을 증폭시켜서 무단으로 공유할 수 있게 만들어 주는 기계예요. 옆방에서 접속한 대체현실에 나도 따라 들어갈 수 있게 해 주는 거죠. 나도 이걸로 사후 세계에 무단침입해서 그 영상을 찍었어요. 제약이 많긴 한데 설명서 잘 읽어 보고 사용해요."

당연히 정식 승인됐을 리가 없는 기계는 직접 만든 물건처럼 보였다. 사장은 작은 쪽지에 자신의 이름과 연락처를 적어 건넸다.

"시술받으려는 사람 있으면 홍보 좀 해 주시고."

'차길영.' 아버지의 성은 버린 것으로 보였다.

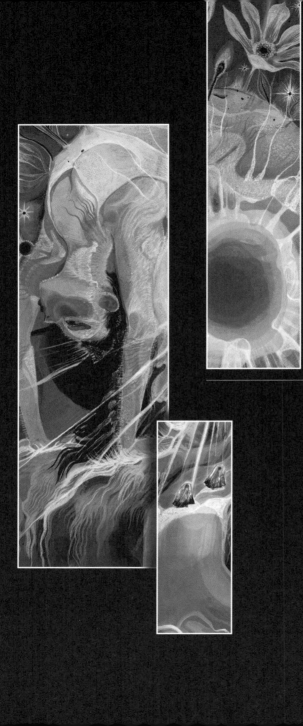

2장
나는 지옥에 끌려간다

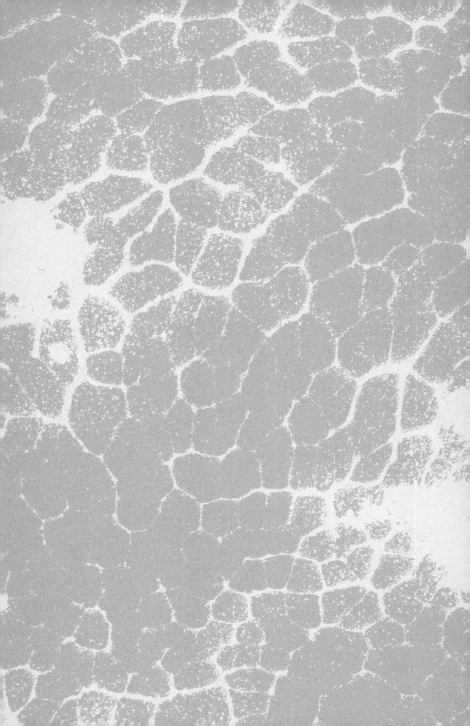

다음 날 오후. 지석, 수경, 용섭은 사무실에 둘러앉아 차길영이 전해 준 불가사의한 물건을 살펴보고 있었다. 물건은 세 파트로 나뉘어 있었다. 머그만 한 크기의 새까맣고 투박한 정육면체 모양의 본체, 접속 상태를 볼 수 있는 수첩만 한 모니터, 그리고 본체를 올려놓을 수 있는 삼각대. 성의 없게 쓰인 '전파 증폭기'라는 이 기계의 설명서에는 몇 가지 항목만 간략하게 나열되어 있었다.

"이게 아무리 작동이 잘 된다고 해도 도저히 못 써먹을 이유가 하나 있어요. '작동 반경 10미터.' 서버에 접속 중인 기계의 10미터 이내로 접근해야 침투할 수 있다는 거죠. 우리더러 아비치 게임즈 본사에 들어가서 자리 깔고 누워서 이걸 쓰라는 거예요? 나 도둑입네 광고하면서 들어가요?"

용섭이 먼저 목소리를 높였다.

"못할 것도 없잖아. 10미터면 은근히 멀어. 여기서 맞은편 건물도 해킹할 수 있다는 얘기야."

"아니, 아비치 게임즈가 이런 코딱지만 한 사무실을 쓰겠냐고요! 백철승 집 화장실이 우리 사무실보다 다섯 배는 넓겠다."

말은 그렇게 했어도 용섭은 지석의 표정이 어두워지는 것을 보고 한층 누그러진 말투로 덧붙였다.

"아니, 전…… 형님을 비하하는 건 아니고요. 접근하기 힘들 거다, 이거죠."

"아비치 게임즈 본사가 우리 회사 건너편인 헤븐도천에 있다는 거잖아? 거기 사무실들 은근히 작아. 정 그럼 내가 먼저 방문해 볼게."

"네? 형님, 그 회사에 친구라도 있어요?"

"방문할 만하니까 방문하는 거지. 잠시 다녀올 테니까 너희는 점심이라도 먹고 있어."

마침 핸드폰 알람으로 새 전기 바이크가 배송됐다는 연락이 왔다. 지석은 백철승과의 인연을 만들어 준 최신형 고급 바이크에 시동을 걸었다. 목적지는 아비치 게임즈였다. 전파 증폭기를 쓸 수 있는지 시험도 할 겸 먼저 적진을 염탐하고 싶었다. 그리고 오늘이야말로 찾아갈 평계가 충분한 날이라고 생각했다. 헬도천과 헤븐도천 사이에는 건널목이 하나도 없다. 마치 두 도시는 교류하면 안 된다는 것처럼. 직선으로는 3분도 안 걸릴 거리를 지석은 한 블록을 지나쳐 유턴 신호가 나올 때까지 직진해야 했다.

지석은 대체현실 관련 테크놀로지 기업들이 주로 입주해 있는 세련된 건물 앞에서 아비치 게임즈 보안팀장이라는 성태우에게 전화를 걸었다.

"저, 백철승 대표님과 사고 났던 사람입니다. 사거리 바이크 사고."

"아, 선생님이시군요. 그런데 무슨 일로?"

"오늘 새 바이크가 도착했거든요. 돌이켜보니 그때 얼굴만 붉히고 헤어진 것 같아서요. 서로 좋게 풀고 싶어서 들렀습니다. 건물 앞이에요."

"그런 일이라면 굳이 방문하실 필요는 없는데……. 대표님도 죄송하게 생각하고 있습니다."

"저도 지옥 서버 후원자라서요. 핑계로라도 백철승 대표님과 악수라도 하고 싶어서 그럽니다. 부담 드리기 싫어서 병원 진료도 안 받았어요."

성태우는 영 난처한 눈치였지만 지석은 물러설 마음이 없었다. 그는 누군가에게 허락을 구하는 듯하더니, 결국 회사 방문을 승낙했다.

"마침 대표님 회의가 끝났어요. 20층으로 올라오시면 제가 나가겠습니다."

그렇게 지석은 평소의 지석이 사는 세상과 너무나도 달라 보이는 화려한 건물로 입성했다. 가장 먼저 로비에 설치된 경비 로봇이 방문자의 홍체 정보를 읽어 들였다. 이 관문을 통과해야 20층 라운지에 도착할 수 있는 모양이었다.

20층에서 한 번 더 인체 정보를 확인하고 성태우의 인증을 거친 다음 아비치 게임즈가 있는 56층으로 가자 비로소 성태우와 만날 수 있었다.

"오랜만입니다."

아비치 게임즈 본사는 화제성에 비해 규모는 크지 않았다. 한 층을 전부 사용하지도 않았고, 사무실 어디에도 지옥 서버 홍보물 하나 보이지 않았다. 40평 내외의 사무실에 스무 명 남짓한 직원이 근무하는, 전형적인 스타트업의 모습이었다. 성태우는 안이 훤히 보이는 대표실로 지석을 안내했다.

"그날, 인사도 제대로 못 드렸죠? 아비치 게임즈 백철승입니다."

가까이서 보니 백철승은 훨씬 미남이었다. 지난번의 오만한 태도가 어울리지 않을 만큼 온화한 미소에 상냥함마저 느껴져 낯설 정도였다. 순간적으로 자신의 직감이 틀렸을 수도 있겠다는 불안감이 밀려와 지석은 애써 마음을 가다듬었다.

"도지석입니다. 원래는 대체현실 출장 수리기사였는데, 지금은 프리랜서로 일하고요."

"이거, 같은 업계 사람이었네요? 그런데 저희 프로젝트에 흥미가 있으시다죠?"

"네. 펀딩에도 여러 번 후원금을 냈어요."

"소중한 주주님이셨군요. 영광입니다."

백철승의 사근한 태도에 지석의 태도도 자연히 누그러졌다.

"그런데, 회사가 생각보다 크진 않네요. 여기서 지옥 서버를 다 관리할 수 있나요?"

"역시. 예리한 질문이네요. 사실 생체 뉴런들을 관리하는 공정은 한적한 지방에 따로 공간을 마련해 두고 있습니다. 완영순의 자아 뉴런도 거기 있고요. 압수 수색이 들어와도 절대 들키지 않을 위치라 안심할 수 있죠. 오늘 업데이트한 영상에도 나온 얘기지만, 벌써 흉악범 서른 명이 추가됐어요. 지금 추세면 다음 달에 100명은 거뜬히 채우겠네요."

그 말에 지석은 줄곧 묻고 싶었던 질문을 던졌다.

"혹시나 누가 실수로 들어가진 않을까 하는 걱정은 없나요?"

자신의 직감이 맞았는지 확인할 기회이기도 했다.

"전혀요. 그럴 위험은 없습니다. 법리적으로 확정판결을 받은 흉악범만 들어가니까. 아비치 게임즈 소속 변호인단과 법률 AI 머신이 철저하게 추가 검증도 하고 있고요. 무죄 가능성이 1퍼센트라도 있으면 리스트에서 제외합니다. 게다가 제가 여기서 매일 접속해 살피고요. 저는 확실한 사람입니다."

그렇게 말하는 백철승의 눈에는 자신이 벌이는 일에 대한 망설임이나 의구심은 조금도 보이지 않았다. 그의 말처럼 진열장에는 전시장에라도 온 것처럼 수십 개의 접속기가 회사별, 용도별로 놓여 있었다.

성과는 있었다. 방금 백철승은 지옥 서버 접속이 이루어지는 장소가 자신의 방이라고 스스로 고백한 것이나 다름없었다. 필요한 정보를 생각보다 빨리 얻자 긴장이 풀어졌다. 그때 사무실 문이 열리면서 누군가 백철승에게 다가왔다. 그와 동시에 지석은 자기 입이 헤벌어진 줄도 모르고 시선을 고정했다. 화면으로만 본 연예인도 포함하여 지석이 평생 본 사람들 가운데 가장 인상적인 얼굴이었다. 완벽한 이목구비는 현실이 아니라 게임에서 빠져나온 캐릭터 같았다. '누구지, 저 사람은?'

지석은 저도 모르게 백철승과 여자의 대화에 귀를 기울였다. 내용은 잘 들리지 않았지만 서로 반말을 쓰고 있었다. 직원과 대표 사이가 아닌 것만은 분명해 보였다. 그 순간, 지석은 유리에 비친 자신의 모습을 보고는 인상을 구겼다. 어딘가 넋이 빠진 얼굴이었다. 그때 얘기가 끝났는지 여자가 지석과 눈을 마주치더니 생긋 웃으며 눈인사를 건넸다.

지석은 화끈거리는 얼굴의 열기를 느꼈다. 헤븐도천이 아름다운 건 건물만이 아니었다. 지금 지석의 앞에 있는 두 사람은, 물론 외모도 특출하지만 빈틈없는 자신감과 태도가 더 돋보였다. 하지만 이상했다. 그들의 용모와 태도가 가진 아름다움이 마냥 기분 좋게 다가오지 않는 건 왜일까. 화려한 색과 요란한 모양으로 본모습을 숨긴 독버섯을 보는 것처럼 어딘지 섬뜩한 기분이 들었다. 지석은 그럴수록 일부러라도 냉정한 표정을 유지했다. 백철승의 진짜 모습을 파헤치기 위해 이곳에 왔으면서 작은 친절에 헤벌쭉해진 자신이라니.

직원이 나가자 백철승은 화제를 전환하며 지석과의 대화를 이어 나갔다.

"어디까지 얘기했더라. 우리 도지석 투자자님은 종교가 있나요?"

"없는데요."

"전 언제나 종교를 믿으려고 노력하거든요. 그런데 자꾸만 부정적인 생각이 드는 겁니다. 우리가 혹시 돌덩이 위에 있는 버림받은 존재들은 아닐까 하고요. 신도 없고, 질서도 없으면 인간이 뭘 의지해서 살아야 할까요. 의미도 모르고 비참하게 살다 사라지는 게 너무 무서워서 만든 겁니다, 지옥 서버는. 우주에 의지가 없다면 인간이 스스로 만들어야 하지 않겠어요?"

"듣고 보니 그럴듯하네요."

한번 의구심이 들자 지석은 백철승이 하는 말 모두에 거부감이 느껴지기 시작했다. 지옥 서버를 멋지게 포장하려 한 방금의 말도, 사업가가 아닌 사이비 종교인의 말처럼 느껴졌다. 인간이 뭘 의지해서 살아야 할지 모르겠다면서 다른 사람들을 멋대로 가두다니. '대체 백철승이 지옥 서버를 만든 이유가 뭘까?' 후원 외에는 수익을 낼 데가 없어 보이는 지옥 서버로 돈을 벌고 싶어서? 알면 알수록 미궁에 빠지는 듯했다.

지석의 상념을 끊은 것은 고양이의 울음소리였다. 대표실 구석에 놓인 요새 같은 집에서 작은 얼룩 고양이가 밖으로 나오고 있었다. 백철승은 능숙하게 손을 뻗어 고양이를 들었다. 고양이도 당연한 듯 그의 품에 안겼다.

"고양이는 안 다쳤나 보네요."

그 말에 백철승은 고양이의 머리를 쓰다듬으며 빙긋 웃었다.

"병원에 갔는데 아무 문제 없다고 합니다. 얘가 유연해서인지, 차 시트 쿠션이 좋아서인지 모르겠지만 다행이죠. 참저희는 이제 점심을 먹으러 가는데, 같이 드실래요?"

"아, 저는 먹고 왔습니다."

"아쉽군요. 제 연락처를 드릴 테니 편하게 연락 주세요. 저희 아비치 게임즈는 투자자의 아이디어를 늘 진지하게 검토합니다."

그렇게 말하며 백철승은 투명하고 얇은 플라스틱 명함을 건넸다. 정면에서는 아무것도 안 보이지만 프리즘처럼 빛의 방향에 따라 살짝 기울이면 여러 색으로 '아비치 게임즈 대표 백철승'이라는 글자와 연락처가 떴다. 백철승에게 딱어울리는 화려하지만 정이 가지 않는 물건이었다.

회사 문을 나온 지석은 발길을 서둘렀다. 건물을 샅샅이뒤져 아비치 게임즈 반경 10미터 내에 무엇이 있는지 알아야 했다. 지옥 서버에 침투에서 그가 무슨 일을 꾸미는지 캐 내겠다는 각오가 더욱 단단해졌다.

　오늘의 짧은 만남을 통해 지석은 백철승이 단지 재수가 없는 것을 넘어, 음흉하고 두려운 인물이라는 확신이 들었 다. 그건 방금 백철승의 실언에서 비롯되었다. 지석과의 사 고가 있었던 날, 백철승이 안고 있던 고양이와 방금 본 고양 이는 다른 녀석이었다. 차에 타고 있던 고양이는 검은 얼룩 이 분홍색 코의 3분의 1 정도를 침범했던 반면에 사무실에 서 본 고양이는 검은 점이 코 둘레를 감싸듯이 찌그러져 있 었다. 쉽사리 구분할 수 없는 작은 차이지만 지석의 머릿속 에는 분명히 각인되어 있었다.

　'왜 이런 사소한 거짓말을 한 걸까?' 거기에 더해 백철승 은 신이 난 듯 말을 꾸미기까지 했다. 그건 켕기는 게 있다 는 뜻이었다. 지석은 아비치 게임즈 양옆 사무실은 물론 위 아래 층까지 샅샅이 뒤져 보고는 지하로 내려갔다. 차량이 출입하는 길목 한구석에는 빌딩에서 배출된 쓰레기를 쌓아 놓는 공간이 있었다. 지석은 쓰레기 봉지들을 하나하나 꼼 꼼히 살폈다. 그리고 어렵지 않게 원하는 봉지를 발견할 수 있었다. 사무실에서 나올 만한 과자 봉지나 비품, 휴지 등이 뒤죽박죽 담긴 보통의 봉지들은 뭉그러진 형상이지만 한 종류의 물건으로 꽉 채워진 봉지는 멀리서도 티가 났다.

　지석은 고급 고양이 사료 봉투가 잔뜩 들어 있는 봉지 앞 에서 발길을 멈췄다. 뜯어서 확인하지 않아도 아비치 게임즈에서 나왔음을 짐작할 수 있었다. 백철승의 방에 있던 고양이 사료와 같은 브랜드였기 때문이다. 백철승이 대단한 애묘가이며, 그런 주인조차 헷갈릴 정도로 고양이를 여러 마리 키운다고 가정할 수도 있다. 하지만 사무실에는 여러 마리가 사는 흔적이 보이지 않았다. 사료 그릇도 하나였다. 몇 주 전과 지금, 다른 고양이가 그의 품에 안겨 있다. 지석은 차길영의 말을 떠올렸다.

"감각은 주관적이라 이런 일은 살아 있는 몸에 직접 해보지 않고는 답이 안 나와요. 난 백철승이 고통을 설계하기 위해 먼저 인체실험을 했을 거라고 확신해요."

지석은 백철승이 사람을 상대로 실험하기에 앞서 동물을 대상으로 삼았을 거라는 불길하지만 확실한 추측이 들었다.

지석이 짧은 염탐을 마치고 돌아왔을 때, 용섭과 수경은 피자를 먹고 있었다. 결제는 당연히 지석의 계좌를 통해서였다. 지석의 주머니 사정을 알면서도 온갖 토핑이 들어간 피자를, 그것도 두 판이나 주문했다는 게 지석을 짜증 나게 했다. 지석의 기분을 알고도 일부러 놀리는 건지 용섭은 볼을 빵빵하게 부풀리고는 해맑게 말했다.

"형님, 피자 있어요. 얼른 드세요, 빨리."

백철승의 식사 제안을 거절해 식사 때를 놓쳐도 한참을 놓친 지석은 피자를 입에 가져갔다.

"어때요, 사무실."

어느 정도 배가 찼는지 용섭이 느긋하게 물었다.

"백철승은 우리 생각보다 훨씬 더 섬뜩한 인간일 수 있어. 조심해야 해."

"그렇게는 안 보이던데. 형님한테 뭐라고 했어요?"

얼른 먹으라고 할 때는 언제고 용섭은 계속 질문을 해댔다. 지석은 아예 피자를 내려놓고 진지하게 대답했다.

"아직 추측일 뿐이야. 그래도 수확은 있었어. 백철승이 매일 대표실에서 지옥 서버에 접속하는 것 같아. 문제는 10미터 반경에 접근할 수 있느냐인데, 그것도 약간은 긍정적이야."

"약간은 긍정적이요?"

"다행히 사무실은 크지 않아. 위아래 층에는 다른 사무실이 있어서 접근하기 힘든데, 바로 옆 사무실이 비었거든. 완전히 공실은 아니고 창고로만 쓰는 것 같아. 이 사무실 사람을 포섭하면 전파 증폭기를 설치할 수 있지 않을까?"

그 말에 수경의 표정이 조금 밝아졌다. 불가능해 보였던 지옥 침투 작전이 서서히 윤곽을 갖추고 있었다. 시작하는 단계라 백철승은 보안보다는 홍보와 투자에 더 신경을 쓰고 있는 것 같았다. 허를 찌르기에 적절한 시점이다. 지석은 예상보다 일이 쉽게 풀릴 수도 있겠다고 생각했다.

"그런데 형님, 사무실에서 문담이 누나는 못 봤어요? 나완전 팬인데."

"문담?"

"와! 형님, 세상일에 너무 관심 없는 거 아니에요? 백철승 대표 애인이요. 아니, 공동창업자라고 해야 하나."

그 말에 당장 떠오르는 한 사람이 있었다.

"알 것 같기도 하다. 근데 네가 어떻게 그런 것까지 알아?"

"SNS 여신이잖아요, 서문담. 졸라 예쁜데, 또 졸라 천재예요. 아비치 게임즈 수석 프로그래머래요. 둘이 유학 때 만났는데 졸업은 서문담이 더 빨리했대요. 아이큐가 200도 넘을걸요. 수경아, 너도 알지?"

"응. 알아."

그 잠깐 사이에 친해진 건지 둘은 말을 놓고 있었다.

지석은 식은 피자를 먹으며 서문담의 SNS를 염탐했다. 서문담, 그 여자가 맞았다. 게시물 하나에도 수천 개의 댓글이 달리는 것으로 미루어 보아 이미 유명한 인물인 듯했다. 팔로워 수는 30만 명을 훌쩍 넘었다. 찾아보면 볼수록 다른 SNS 인플루언서들과는 다른 유형 같았다. 무엇보다 의견 표출에 거침이 없고, 때로는 극단적인 행동으로 논란을 불러일으켰다. 그중 하나가 산업재해 노동자들의 단식 시위 앞에서 보란 듯이 크루아상을 든 사진을 찍어 올린 것이었다. 그런데 비난을 받기보다는 통쾌한 행동이라고 칭찬받았다. 시위에 대한 여론이 나날이 나빠지고 있던 시기였기 때문이다. 서문담의 문제 행동은 오히려 그녀를 매력적으로 만들었다.

갑자기 구역질이 올라왔다. 어릴 때부터도 태도가 삐딱하다는 지적을 자주 들어 온 지석은 주류의 의견에 늘 반대하는 경향이 있었다. 내색은 안 했지만 학교 다닐 때는 반에서 잘 나간다는 아이들을 이유 없이 미워했고, 회사에서도 오지랖 부리는 동료들을 애써 피했다. 백철승과 서문담 커플은 지석의 레이더망에 이미 '재수 없는 놈들'로 분류되고 있었다.

"너 이제, 문담이 누나라고 하지 마."

갑작스런 지석의 말에 용섭이 응수하고 나섰다.

"왜요? 제 마음이에요."

"바보야. 성이 '서문'이고 이름이 '담'이잖아."

"아, 서문이라는 성씨가 있구나. 그럼 담이 누나네요. 더 귀여워!"

지석은 들고 있던 피자를 피자 박스에 내팽개쳤다. 식욕이 완전히 사라졌다. 눈치 없는 용섭은 그걸 자기 입에 쑤셔 넣었다.

"아까운 음식을 남기면 되나요? 다 돈인데. 이럴 때 보면 형님 되게 부잣집 도련님 같다니까."

6

지옥 서버 침투 작전을 위한 준비는 꼼꼼하지만 신속하게 진행되고 있었다. 지석은 아비치 게임즈 옆에 어느 회사가 입주했는지부터 알아냈다. 오염 측정 장비를 취급하던 회사로, 3달 전에 전 직원을 내보낸 후로는 아무 활동이 없는 것으로 추측컨대 폐업 수순을 밟고 있는 듯했다. 회사 대표와는 어렵지 않게 통화할 수 있었다.

"재고 때문에 아직 안 빼고 있었어요. 계약이 다음 달까지기도 하고."

"저희가 딱 하루만 빌리고 싶어서요. 돈은 충분히 드릴게요."

지석의 엉뚱한 제안에 대표는 단번에 목소리를 바꾸었다.

"당신 뭐 하는 사람이야?"

"저희 이상한 사람들 아닙니다. 스타트업 준비 중인 젊은 창업자들이에요. 아비치 게임즈가 요즘 잘 나가니까 옆에서 고사라도 지내서 기운을 받고 싶어서요."

지석의 능청에 대표는 '하' 하는 헛웃음을 지었다.

"요즘에도 그런 걸 믿는 사람들이 있나? 나 젊었을 때도 가끔 듣기만 했었는데."

사장은 어처구니없어했다. 하지만 달리 뾰족한 핑계가 떠오르지 않았다. 때때로 이런 터무니없는 미신이 진지하게 취급되는 법이다.

"싱거운 청년이네. 대신 깨끗하게 써요."

지석의 전략이 통했는지 대표는 싼값에 허락해 주었고, 이로써 지석 일행은 백철승의 집무실 10미터 이내로 접근할 권한을 얻었다.

지석이 준비 작업을 하는 사이에 용섭이 사무실의 자잘한 의뢰들을 혼자 처리했다. 일자리를 찾던 수경은 지석의 엄마를 따라 야간청소 일용직에 나섰다. 청소 로봇이 미처 제거하지 못하는 찌든 때를 구석구석 식별해 온몸으로 긁어내는 일이었다. 고된 일이었지만 아직은 인간만이 할 수 있는 일이라 나름의 수요가 있었다. 지석의 엄마는 결원이 생길 때마다 수경에게 일거리를 주었는데, 썩 만족해했다.

"수경이, 걔는 나이도 어린데 야무지더라. 뭐가 제일 맘에 드냐면 유령처럼 존재감이 없는 게 좋아."

수경은 일당을 모으는 대로 지석에게 건넸고, 지석은 마다하지 않았다.

지석 일행이 침투를 결행하기로 한 날은 새벽부터 안개

가 자욱했다. 해가 뜨기 전에 모인 일행은 건물에서 일하는 사람들과 마주치지 않기 위해 엘리베이터 대신 비상계단을 이용했다. 사무실이 56층에 있어 올라가는 데도 한참 시간이 걸렸다. 20층 라운지 계단에서 한숨 돌리며 준비해 온 아침을 먹을 때였다.

"이러니까 꼭 소풍 나온 것 같네요."

용섭은 차가운 편의점표 김밥을 먹으면서도 뭐가 즐거운지 내내 웃었다. 그 티 없음에 멋쩍어진 지석은 일부러 차갑게 말했다.

"우리가 들어갈 곳이 지옥이라는 것만 잊지 마."

수경은 처음으로 엄마 사진을 보여 주었다. 서버에 들어갔을 때 얼굴을 구분하기 위해서였다.

"민혜주. 52세. 사망 1년 전 증명사진이니까 알아볼 수 있을 거예요."

사진 속 중년 여성은 수경과 너무나 닮아 있어 구태여 얼굴을 기억할 필요가 없을 정도였다. 눈과 입꼬리가 축 처진 우울한 인상. 누군가가 툭 건드리기만 해도 금방 울음이 터질 것 같은 표정이었다.

"그래, 꼭 찾을게."

무사히 사무실로 들어간 지석 일행은 백철승의 집무실과 접하고 있는 창고에 자리 잡았다. 그러고는 미리 짜 놓은 대로 먼저 삼각대에 전파 증폭기를 올리고, 그 옆에 지석과 용섭의 대체현실 접속기를 연결했다. 10분도 안 되어 모든 준비를 끝냈다. 이제 백철승이 지옥 서버에 접속하기만 기다리면 될 일이었다.

아직은 모든 게 순조롭게 진행되었지만 지석은 왠지 모르게 불안했다. 무엇보다 기계가 잘 작동하리라는 확신이 없었다. 지석은 창고 사진을 찍어 차길영에게 전송했다. 차길영은 메시지를 확인하자마자 지석에게 전화를 걸어왔다.

"그걸로는 전파 못 잡아요."

좋지 않은 소식이었다.

"뭐가 문젠데요?"

"지금 걸로는 전파가 벽에 막혀 약해질 거예요. 슬릿을 만들어서 증폭되는 위치를 잡아야 해요."

"대체 뭘 어떻게 하라는 거예요?"

지석은 자신도 모르게 목소리가 커졌다.

"구멍을 뚫으라고! 건너편 방 접속기랑 최대한 가까이, 같은 높이에!"

답답한 건 차길영도 마찬가지였는지 지석보다 더 크게 외쳤다. 전화를 끊자마자 지석이 벌떡 일어났다. 예상하지 못한 변수였다.

"드릴! 드릴이 있어야 해!"

"갑자기 웬 드릴이요?"

지석은 잔뜩 창백해진 얼굴로 사무실을 뛰쳐나가 무턱대고 공구점을 찾았다. 출근 러시가 시작되기 전에 벽에 구멍을 뚫어 놔야 했다. 백철승이 먼저 출근하면 결승선 앞에서 넘어지는 꼴이었다. 다행히 건물 지하에 있는 가게에서 알맞은 사이즈의 드릴을 구할 수 있었다. 처음과 달리 56층까지 쉬지 않고 달려 출발 지점으로 왔을 때, 지석은 머리카락까지 온몸이 땀에 절어 있었다. 다행히 아직 아무도 출근하지 않은 듯했다.

"빨리 뚫자!"

지석은 덜덜 떨리는 손으로 곧장 작업을 시작했다. 기억을 되짚어 백철승이 앉는 의자의 머리 높이를 가늠해 위치를 잡았다. 벽은 생각보다 단단해서 드릴 비트를 몇 번이나 갈아 끼워야 했다. 다음으로 용섭이 바통을 이어받았고, 용섭이 지쳐 나가떨어지자 수경이 드릴을 잡았다. 수경은 힘든 기색 한 번 내지 않고 바위처럼 버티고 앉아 인내심 있게 벽을 뚫었다. 결국 벽에 구멍을 내는 데 성공한 것은 수경이었다.

그제야 지석도 안도했다. '남은 것은 운에 맡기는 수밖에.' 백철승이 수상한 구멍을 눈치채지 않기를, 이 위치에서 기계가 무사히 전파를 잡아내기를, 백철승이 오늘 중에 한 번은 지옥 서버에 접속하기를.

곧이어 아비치 게임즈 직원들이 하나둘 출근하는 소리가 들렸다. 인기척을 들키지 않기 위해 지석 일행은 숨도 제대로 쉬지 않았다. 이번에야말로 정말로 고사라도 지내고 싶은 심정이었다. 조용하면서도 숨 막히는 하루는 아주 더디게 지나갔다. 백철승이 언제 지옥 서버에 접속하는지 알 수 없었기 때문에 계속하여 전파 증폭기의 상태 모니터를 살펴고 있어야 했다. 하지만 이것도 두 시간 남짓 지나니 의미 없게 느껴졌다. 세 명의 도둑은 언제부터인가 지루함을 느끼고 있었다.

"백철승이 접속을 하긴 하는 거예요?"

지석은 15분마다 같은 말을 내뱉는 용섭을 향해 번번이 입술 위에 검지를 얹어서 조용히 시켜야 했다. 점심식사 시간이 가까워지자 직원들이 식사하러 가는 소리가 들렸다. 지석 일행은 꼼짝도 할 수 없었다. 아침에도 먹은 눅눅해진 김밥을 먹고, 생수도 극소량만 마셨다. 용변은 옆방의 빈 생수통에 해결하기로 했다. 그나마도 수경은 물 한 모금 안 마시고 꾹 참고 있었다.

"오늘 중에 접속을 안 하면 어떡하죠?"

"백철승이 자기 입으로 하루에 한 번은 들어가서 확인한댔으니까 의심하지 마."

말은 그렇게 했지만 누구보다 불안해하는 것은 지석이었다. 오늘의 침투 계획에 '플랜 B'는 존재하지 않는다. 사무실을 하루 더 빌릴 명분도 없지만, 침투가 성공하리란 보장은 더 없었다. 더군다나 그들은 지옥 서버가 어떻게 생겨 먹었는지도 모른다. 가장 긍정적인 그림은 수경의 엄마와 기타 무고한 사람들이 갇혀 있다는 사실을 확인한 뒤 여론전을 시작하는 것이었다. 백철승의 지옥 서버가 대중의 지지를 얻어 일어섰으므로 대중의 외면으로 무너지기도 쉬울 것이란 판단이었다.

오후 4시를 지나자 지석은 자신도 모르는 사이 깜빡 잠들었다. 용섭도 덩달아 잠들었다. 수경만이 한눈팔지 않고 텅 빈 상태 모니터를 응시했다. 지석이 다시 눈을 뜬 건 퇴근 시간이 가까워질 무렵이었다.

"아무 반응도 없었어요."

수경이 지석을 돌아보며 말했다. 지석은 수경의 무표정한 얼굴에 괜히 머쓱해졌다.

"이제 내가 볼 테니까 너도 잠깐 눈 좀 붙여. 가만히 기다리는 게 제일 힘들어."

"……잠이 왔으면 잤을 거예요."

아비치 게임즈 사무실에선 직원들이 퇴근하는 소리가 들려왔다. 엘리베이터가 몇 번이나 내려가는 소리가 들렸고, 복도가 완전히 어두워지는 것을 봤다. 직원이 모두 나간 것이다. 좋지 않은 사인이다.

"전부 퇴근했어. 백철승도 사무실에 없을지 몰라."

"그럼 작전 실패예요? 아무것도 못 했는데."

"조금만 더 기다려 봐요. 혹시 모르잖아요."

용섭과 수경의 반응은 엇갈렸지만 지석은 수경의 말에 따르기로 했다. 용섭도 동의했다. 그도 그럴 것이 수경은 한순간도 절실하지 않은 적이 없었다. 일행은 이제는 진득진득해진 김밥을 마저 먹고, 참았던 화장실에도 다녀왔다. 밤 10시가 가까워지자 지석도 짐을 정리하기 시작했다.

그때였다.

"잠시만요, 소리가 들려요."

지석이 전파 증폭기를 받치고 있던 삼각대를 치우려는데 수경이 입을 열었다. 지석은 내려 둔 본체를 다시 삼각대 위에 올려놓고 모니터를 켰다. 마법처럼 상태 모니터에 파형 그래프가 표시되었다. 12시간 넘게 같은 화면만 보여 주던 모니터가 드디어 반응한 것이다. 백철승이 지옥 서버에 접속한 게 분명했다. 지석은 숨을 죽이고 최대한 소리 낮춰 말했다.

"접속했어. 지금 들어가는 거야."

지석과 용섭은 동시에 접속기를 쓰고 자리 잡았다. 드디어 지옥으로 향할 차례였다.

덜컹거리는 진동과 함께 지석과 용섭은 새 세계에서 눈을 떴다. 중세 유럽풍으로 꾸며진 마차 안이었다. 검붉은 해골과 뱀으로 장식된 것이 뱀파이어가 나오는 영화 속 소품 같았다. 창밖 풍경은 더욱 가관이었다. 마차를 끄는 것은 군데군데 뼈가 돌출된 좀비 말이고, 주변은 온통 음산한 회색빛 벌판이었다. 불타고 있는 농가와 부서진 풍차, 쓸쓸하게 서 있는 허수아비까지. 전형적인 호러 게임의 배경 같았다.

"분위기 한번 되게 으스스하네. 이 마차가 지옥이에요?"

용섭의 말에 지석은 대답 대신 마차의 문고리를 어깨로 세게 밀쳤다. 하지만 문은 열리지 않았다. 이번에는 창문을 처 봤지만 꿈쩍도 하지 않았다. 처음부터 드나들 수 있게 설계된 공간이 아닌 듯했다.

"기다려 봐. 이건 시작 전에 나오는 인트로 화면 같아."

게임 회사가 만든 사후세계답게 오프닝부터 분위기를 확실하게 잡았다. 다만 돈을 지불하는 유저가 아닌 완영순 같은 범죄자들이 들어갈 지옥에 무엇 때문에 이 같은 효과를 입혔는지는 알 수 없었다. 두 사람이 탄 마차는 회색 들판을 지나 큰 성벽 안으로 들어갔다. 순식간에 커다란 교회당 같은 실내에 도착했다.

실내에는 더 참혹한 풍경이 펼쳐져 있었다. 쇠사슬에 당겨져 사지가 늘어난 알몸의 사람들이 피범벅이 된 채로 끔찍한 비명을 내지르고 있었다. 완영순을 비롯하여 지금껏 발표된 범죄자들의 모습은 보이지 않았다. 그러나 자세히 보니 어딘지 어색했다. 소름 끼치긴 하나 그래픽에 지나지 않았다. 최근의 기술은 아닌 듯했다. 잠시 후, 이번에는 마차가 바닥으로 쑥 꺼지는 느낌이 들었다. 롤러코스터를 타듯이 캄캄한 비탈을 엄청난 속도로 달리기 시작한 것이다. 지석과 용섭은 손에 잡히는 물건 아무거나 붙잡고 비명을 질렀다.

마차는 생뚱맞게 밀림 한가운데에 도착했다. 누군지 몰라도 개발자는 생태계를 완전히 무시했다. 마차가 달리는 동안 지석은 기묘한 광경들을 목격했다. 마차보다 더 큰 식충 꽃, 거대한 뱀 몸통에 노인의 머리를 한 괴생물체, 지석의 상반신만 한 파리 떼 등등. 보고만 있어도 정신이 혼미해졌다. 말 많은 용섭도 넋을 놓고 보느라 꿀 먹은 벙어리가 되었다.

이윽고 마차는 핏물 같은 검붉은 물로 이루어진 해자 위를 지나 검은 성으로 들어갔다. 앙코르와트 유적 같은 분위기였다. 성벽 안은 어둡고, 안개도 자욱해 앞이 잘 보이지 않았다. 그때 어디선가 밝은 빛이 내려와 마차를 뒤덮었다. 마차 천장이 투명해 안에서도 위쪽 풍경을 볼 수 있었다. 빛은 횃불이었다. 여덟 개의 팔에 뻐드렁니가 눈썹까지 올라온 얼굴 세 개 달린 거인이 그들을 내려다보고 있었다. 탱화 같은 데서 본 적 있는 악귀의 모습이었다. 횃불을 든 괴물이 발로 마차를 밟는 순간, 지석과 용섭은 비명을 지르며 눈을 꼭 감았다.

여기는 정말 지옥일까? 두 사람이 감았던 눈을 떠 보니 마차는 낡긴 했지만 현대식 건물 앞에 있었다. 곧이어 '텅' 하는 금속음과 함께 마침내 마차 문이 열렸다. 게임이었다면 정말 흥분되는 오프닝 영상이다.

"정말 요란하네요, 지옥 서버."

지석과 용섭은 마차에서 내려 건물을 올려다봤다. 히틀러가 만든 유대인 포로수용소로 썼을 법한 우중충한 5층짜리 벽돌 건물이었다. 벽 한쪽 끝에서 끝까지는 어림짐작해도 버스 정류장 3개는 들어갈 만큼 넓었으나 벽에는 창문이나 장식이 하나도 없었다. 건물의 유일한 출입문으로 보이는 철문은 지석 일행을 기다렸다는 듯 자동으로 열렸다.

"이제부터가 본론 같아. 완영순도 여기 있을 거고, 수경이 엄마도 있을 거야."

7

건물 안은 의외로 단순했다. 상하좌우 모두 좁은 복도만 길게 이어져 있었다. 역시 아무 표식이나 장식은 없었다. 드문드문 있는 낡은 형광등만이 길을 밝혀 주었다. 지석과 용섭은 복도를 따라 무작정 걸었다. 백철승의 시험 접속이 끝나면 그들도 서버에서 튕겨 나갈 운명이라 최대한 빠르게 목표물을 찾는 게 중요했다. 모퉁이를 돌자 좌우에 철창으로 막힌 수형 시설이 보였다. 그런데 복도를 따라 한참을 걸어도 사람의 흔적조차 안 보였다. 감옥은 텅 비어 있었다.

"형님, 왜 사람이 안 보일까요? 우리 혹시 아비치 게임즈 보안 시스템에 걸려서 오류가 나는 걸까요?"

충분히 일리가 있는 말이었다. 더 불안한 점은 이 감옥이 거대한 미로 구조일지도 모른다는 것이었다. 지석과 용섭은 벌써 두 번째 갈림길에 들어섰고, 어느 쪽을 돌아봐도 방호수마저 적혀 있지 않은 똑같은 복도였다. 헤매지 않고 길을 찾기는 불가능해 보였다. 하지만 달리 뾰족한 수가 없었다. 지석은 냅다 달리기 시작했다.

"용섭아, 넌 반대쪽으로 뛰어. 그리고 혹시라도 사람을 발견하면 나한테 소리쳐!"

지석은 한참을 달리며 수십 개의 텅 빈 철창을 지나쳤다. 한쪽 모퉁이 끝에 다다랐다고 느낄 때쯤, 계단을 발견할 수 있었다. 위로 향하는 계단이었다. 지석은 사람 숨소리라도 들리길 기대하며 올라갔지만 2층도 마찬가지였다. 이제는 들어온 길도 기억나지 않았다. 이리저리 헤매며 뛰어다녀도 계단도 사람도 보이지 않았다.

그때 멀지 않은 곳에서 용섭의 외침이 들렸다.

"형님! 여기요! 여기, 이상한 게 있어요!"

갈림길을 돌아 간신히 찾아온 곳에는 용섭이 하얗게 질린 채 어딘가를 응시하고 있었다.

"형님, 저 복도 끝에……. 보이세요?"

용섭이 가리키는 곳은 그들로부터 족히 20미터는 떨어진 복도 끝이었다. 거기에 작고 이상한 물체가 하나 있었다. 자세히 보니 사람 얼굴 같기도 한 오싹한 형상이었다.

"사, 사람 아닐까요, 저거?"

"빛이 나고 있잖아. 장식이겠지."

둘의 대화를 듣기라도 한 것처럼 기묘한 물체 위에 있던 형광등이 깜빡이더니 '툭' 하고 꺼졌다. 용섭은 흠칫 놀라 비명을 질렀다. 괴물체는 곧 시야에서 사라져 버렸다. 곧이어 복도의 불빛이 도미노가 쓰러지듯 차례로 꺼지기 시작했다. 엄청난 속도로 어둠이 다가오는 모양새였다. 이윽고 용섭의 신음 섞인 목소리가 들렸다.

"으억! 너, 너 뭐야……."

지석이 정신을 차리고 살펴보니 뭔가가 용섭의 목을 관통하고 있었다. 너무나 순식간이라 대응할 시간도 없었다. 용섭의 목을 꿰뚫은 것은 파라오처럼 황금색 가면을 쓴 괴물이었다. 지석은 체커로 일하며 이전까지 어느 게임에서도 이토록 무서운 순간을 맞은 적이 없었다. 저절로 다리에 힘이 풀렸다. 괴물은 검은색 망토로 온몸을 덮어 황금색 가면이 유독 빛났다. 황금색이 하나 더 있었는데, 다섯 손가락 모두에 송곳처럼 뾰족하고 긴 쇠침이 달린 장갑을 끼고 있었다.

"개자식아, 졸라 아프잖아……!"

용섭은 마지막 힘을 쥐어짜 황금가면의 얼굴을 향해 손을 뻗었다.

"픽!"

응집된 돌풍이 날카로운 바람 소리를 내며 괴물의 얼굴에 적중했다. 덕분에 황금가면의 상반신이 뒤로 꺾였지만 이내 천천히 몸을 일으켰다. 이것이 용섭의 마지막 저항이었다. 황금가면이 용섭의 목에 꽂아 둔 쇠침이 달린 손을 뽑자 용섭은 스프링클러처럼 사방에 피를 흩뿌리며 털썩 쓰러졌다.

용섭을 해치운 괴물은 이제 지석과 마주 보고 섰다. 지석은 재빨리 손을 뻗어 괴물과 자신 사이에 철창으로 된 벽을 만들었다. 하지만 싸울 방법이 떠오르지 않았다. 당장은 놈과 멀어지고만 싶었다. 일단 반대 방향으로 허겁지겁 달리면서 샛길이 보일 때마다 철창을 만들어 길을 막았다. 갈림길까지 도망친 뒤 코너를 도는 순간, 지석은 따돌렸다고 생각했던 황금가면과 눈앞에서 마주쳤다. 얼른 손을 뻗으려 했지만 놈의 오른손이 먼저 지석의 목을 움켜잡았다. 지석은 꼼짝도 못 한 채 벽으로 밀렸다. 어떻게 이런 일이! 모든 갈림길을 막으며 왔는데 어째서 놈이 더 빨랐을까? 질문은 그것만이 아니었다. 황금가면은 아비치 게임즈가 심어 놓은 보안 프로그램 중 하나일까, 아니면 백철승에게 고용되어 이곳을 지키고 있는 인물일까? 그것도 아니라면 백철승 본인?

"너, 정체가 뭐냐……."

지석이 말을 끝내기도 전에 황금가면은 왼손 검지를 지석의 턱에 가져다 댔다. 검지에 솟은 쇠침이 망설임 없이 지석의 턱 아래 있는 말랑말랑한 살을 파고들었다. 다음 순간, 지석은 평생 느낀 적 없는 섬뜩함을 경험했다. 뾰족한 금속은 지석의 턱을 찢고는 더 깊숙이 들어와 곧 입천장에 닿았다. 현실과 분간이 안 될 정도로 통증이 선명했다.

대체현실에 접속하는 모든 기기는 사람의 뇌에서 통각을 자극하지 않도록 기능이 제한되어 있다. 즉, 대체현실 세계에서 해머에 머리를 맞더라도 불편한 진동만 느껴질 뿐 뼈가 부서지는 통증은 재현되지 않는다. 그래서 두려움 없이 게임을 할 수 있는 것이었다. 대체현실 고통의 한계치를 푸는 것은 극소수의 변태들만 시도하는 위험천만한 행동이었다. 하지만 이곳에선 그런 상식이 통하지 않았다. 지석은 그제야 자신이 어디에 와 있는지 깨달았다. 여기는 지옥 서버다. 모든 감각이 제한되어도 고통만은 완벽하게 재현했을 게 분명하다.

황금가면의 손톱은 기어이 단단한 입천장마저도 뚫고 그 너머의 알 수 없는 영역으로 파고들었다. 쇠침이 뇌까지 찢고 들어오려는 걸까? 지석은 모든 감각이 뒤엉키는 느낌을 받았다. 엉뚱하게도 뒷목과 척추가 접히는 듯한 통증이 느껴졌고, 귀에서 '삐' 하고 이명이 들렸다. 지석은 처절한 고통을 당하는 자신의 얼굴을 똑똑히 볼 수 있었다. 황금가면은 희생자가 거울처럼 매끈한 가면에 선명하게 반사되는 자신의 고통에 가득 찬 얼굴을 보게 만드는 악취미가 있는 것 같았다. 지석 역시 눈과 코와 귀에서 피를 줄줄 흘리고 있는 자신의 얼굴을 똑똑히 목격했다.

'이 정도로 선명할 필요까진 없잖아.'

지석은 턱을 손으로 감싸며 깨어났다. 대체현실이라는 가상의 공간에서 일어난 일이었어도 쉽사리 떨칠 수 없는 끔찍한 체험이었다. 지석이 머리에서 접속기를 벗어 내고도 한참을 바닥을 구르며 신음하는 동안 용섭과 수경이 지석을 진정시키려 애썼다.

"형님! 괜찮으세요!?"

"쉿! 목소리를 낮춰야 해요! 옆방에서 들려요!"

수경의 말에 지석이 안간힘을 다해 몸을 추슬렀다. 아직
도 입과 턱, 머리에 남은 잔여 통증이 지석을 괴롭혔다.

"개새끼……. 더 고통스럽게 하려고 일부러 천천히 찔
렀어."

"저도 무진장 아프더라고요. 이런 적 처음이에요, 저."

"반응이 끊어졌어요. 이젠 접속 못 해요."

수경은 다시금 텅 빈 상태 모니터를 가리키며 말했다. 작
전은 처절한 실패였다. 인정하지 않을 수 없었다.

"마차, 우린 마차에 있었어. 회색 들판을 지나쳐서 성당
같은 데 들어갔고, 그다음엔 정글이 나왔어. 정글에 있는 큰
성에 들어가니 괴물들이 있었어. 다음 단계는 감옥이고. 여
기가 진짜 본론이야. 우린 억울하게 갇힌 사람들을 찾으려
고 했는데 2층까지 올라가는 동안 한 명도 발견하지 못했
어. 그러다 2층에서 황금가면을 쓴 놈을 만난 거야. 그놈한
테 둘 다 당했어."

"엄마는 못 봤겠네요."

수경이 눈을 내리깐 채로 말했다.

"너희 엄마도, 완영순도, 아무도 못 봤어."

지석이 침통한 표정으로 짐을 챙기려는데 아비치 게임즈
에선 누군가 복도로 나오는 듯한 기척이 들렸다. 백철승일

것이다. 시계를 보니 지석과 용섭이 지옥 서버에 침투했던 시간은 고작 30분 남짓이었다. 짧은 시간에 비해 결과는 너무나 절망적이었다. 이를 반면교사 삼아 다음 계획을 세워야겠지만 눈앞이 깜깜한 건 어쩔 수 없었다. 일행이 사무실을 나서려는 그때였다. 뭔가 걸리는 게 있어 지석이 발길을 멈췄다. 눈으로는 분명히 봤지만 무시해 버린 중요한 일.

"형님, 왜 그러세요?"

"용섭아. 어째 느낌이 이상하지 않냐? 우리, 뭐 두고 온 거 있냐?"

"다 들고 왔는데요. 영 걸리면 한 번 가 보세요."

결국 지석은 창고로 돌아갔다. 한참을 둘러봐도 바닥에는 쓰레기 하나 없었다. 지석이 갸웃하며 고개를 드는 순간, 온몸에 소름이 돋았다. 거기엔 무시무시한 악의가 있었다. 왜 이걸 보고도 지나친 걸까. 언제 이런 일이 일어난 걸까. 지석 일행이 전파를 해킹하기 위해 뚫었던 구멍에는 길고 뾰족한 송곳이 삐져나와 있었다.

백철승은 이미 모든 걸 눈치챘다. 건너편 방에 적들이 있다는 걸 알아차리고는 일부러 구멍에 송곳을 쑤셔 넣은 거다. 지옥 서버에서 깨어난 지석이 몸부림치는 동안 일어난 일이라 아무도 모른 것이다. 구멍을 뚫고 나온 뾰족한 송곳 끝을 보며 지석은 턱에 쇠침이 박혔을 때보다 훨씬 더 커다란 공포와 모욕감을 느꼈다.

"아무것도 없었죠? 싱겁긴."

"그래. 내 착각이었어."

방금 방에서 본 것을 두 사람에겐 말할 수 없었다. 불 꺼진 계단을 걸어서 내려가는 동안 세 사람은 아무 대화도 나누지 않았다. 스산한 한기만이 온몸을 감쌌다.

일상으로 돌아온 지석은 멍하니 하루하루를 보냈다. 턱을 관통당한 지저분한 기분이 좀처럼 지워지지 않아 턱에 흉터가 생길 때까지 긁고 또 긁었다. 어찌나 긁어 댔는지 상처는 아무리 약을 발라도 커져만 갔다. 수경은 수경대로 청소 일을 나가느라 통 사무실에 들르지 않았다. 일거리도 별로 없어 용섭도 온종일 사무실에 나와 지옥 서버의 새 동영상이나 보다 들어갔다. 둘에게 말하지 않았지만 지석은 다음 침투는 불가능하다고 생각하고 있었다. 옆 사무실을 다시 빌리기도 어려울뿐더러, 백철승이 방법을 눈치챈 이상 똑같은 장소에서 같은 방법으로 침투하는 건 말이 안 되었다. 이제 전파 증폭기라는 훌륭한 해킹 기계는 있으나 마나 한 존재였다. 그사이 백철승의 지옥 서버는 발전을 거듭해 나갔다.

"시민 여러분의 정의감 넘치는 제보 덕분에 현재 지옥 서버에는 총 115명의 흉악범죄자가 수용되었습니다. 혹시 무고한 사람이 들어가 고통받는 건 아닐까 우려하시는 마음도 이해합니다. 오늘은 저희의 분명한 기준을 소개하겠습니다. 지옥 서버 수감은 형법상 사형 선고 대상인 범죄를 저지른 범죄자만 대상으로 합니다. 영미법으로 1급 살인에 준하는 범죄죠. 명백한 살인 의도를 갖고 계획적으로 저지른 살인을 말합니다. 현재 수감된 115명 전원은 두 명 이상을 살해했습니다. 또한 범죄자가 범죄 사실을 시인한 사례, 법리적 검토로 무죄 확률이 0.5퍼센트 미만인 사례만을 대상으로 합니다. 검토는 저희가 직접 하지 않기 때문에 사적 판단이 개입할 여지가 없습니다. 최근 30년 동안의 모든 판례를 학습한 법률 인공지능이 이 작업을 수행합니다. 이중처벌 금지 원칙을 논하는 분들도 있다고 알고 있습니다. 지나친 우려입니다."

백철승은 모든 반론을 사전에 차단하려는 듯 조목조목 따져 가며 말을 이었다.

"완영순의 예를 볼까요? 대한민국에서 무기징역 혹은 사형을 선고받은 수형자의 평균 복역 기간은 15년입니다. 완영순은 이 반도 안 되는 5년 동안만 복역하고는 죽었습니다. 뇌세포의 영생이 가능한 현재에 육체가 죽었다고 처벌을 포기하는 게 정의로운 일일까요? 저희 지옥 서버는 법이 포기한 처벌의 의무를 대신 수행하려는 것입니다."

과연 언론과 대중을 조련하는 달변가다웠다. 예상 가능한 비판에는 미리 방어 논리를 세우고, 옹호론자들에게는 도덕적인 명분을 주었다.

언론들은 지옥 서버 가동 한 달 만에 벌써 흉악범죄율이 줄었느니 하는 섣부른 보도를 했다. 과중한 접속 트래픽을 감당하기 힘들었던 아비치 게임즈는 지옥 서버 수감자들의 영상만 따로 업로드하는 사이트를 신설했다. 벌써 수백 개의 참회 영상이 올라왔다. 지석의 눈에는 그 모두가 광기 어린 연극 같았다. 그들의 눈은 진심으로 뉘우치는 사람의 그것이 아니었다. 고통에 미쳐 가는 희생자들의 눈이었다. 물론 공식 홈페이지 어디에도 수경의 엄마인 민혜주의 흔적은 찾아볼 수 없었다.

8

침투 실패로부터 3일째가 되는 날 밤, 지석은 용섭과 수경을 불러 저녁을 샀다. 근처에서 꽤 유명한 돼지고기 음식점이었다. 주말을 앞두고 있어서인지 식당 안은 제법 북적였다. 어쩐지 용섭과 수경도 들떠 보였다.

　"이야, 우리 형님이 인심 쓸 때는 쓰는 분이라니까."

　왠일로 용섭이 눈치를 살피며 한마디했다.

　"다들 고생했잖아."

　지석은 술을 주문하고 싶은 마음이 굴뚝 같았지만 용섭과 수경 앞이라 음료만 시켰다. 분위기가 누그러지자 용섭이 술 취한 사람처럼 온갖 말을 늘어놓았다.

　"형님, 그거 아세요? 알고 보니 수경이랑 저랑 바로 옆 고등학교 나왔잖아요. 그치? 너, 직업 실습할 때 우리 학교 건물도 쓰고 그랬잖아."

　"응. 근데 난 2학년 때 자퇴해서 잘 몰라."

　"자퇴? 인연이네, 정말. 나도 검정고시 출신이잖아!"

그러더니 이번에는 지석을 향해 물었다.

"형님, 우리 어떻게 보면 가족 같지 않나요? '헬도천 패밀리.' 형님이 아빠, 우리는 남매."

헤, 하고 벌어진 입에는 어떠한 유해함이 없었다.

"내가 왜 너희 아빠라는 거냐. 아홉 살 차이인데."

모처럼만의 분위기를 깨고 싶지 않아 지석은 식사가 끝나 갈 때까지 말을 아꼈다. 어느 정도 배가 차고 식사 자리가 조용해질 때를 기다려 지석이 힘겹게 입을 열었다.

"내가 조사해 보니까 사설 사후세계 회사 중에 관리를 잘못 해서 망자의 데이터를 소실하는 곳도 있대. 그러니까, 수경아. 너희 엄마도 그런 사례라고 생각하면 안 될까? 오히려 그쪽으로 접근해서 요금 반납 소송을 하면 미리 납부한 비용은 돌려받을 수도……."

지석의 이야기에 수경은 체념한 듯 답했다.

"그쪽으로는 이미 여러 번 문의해 봤어요. 확인받은 건 엄마가 지금도 접속 중이라는 데이터뿐이었고요. 지난번에 보셨잖아요. 엄마는 거기 없었어요. 겨우겨우 입주한 그 고시원 같은 방에, 엄마는 없었다고요."

"너도 알다시피 우리도 많이 노력했지만 지옥 서버에 누가 갇혀 있는지는 알아낼 수 없었어. 수경아, 네가 준 돈은 한 푼도 안 쓰고 그대로 있어. 원하면 돌려줄게."

"저는 받을 이유가 없어요. 그 돈은 사장님 거예요."

"넌 스무 살이잖아. 돌아가신 분은 돌아가신 분이고, 넌 미래를 위해 살아가는 게 어때?"

"……."

보다 못한 용섭이 끼어들었다.

"형님, 지금 무슨 말씀을 하는 거예요? 이대로 포기하자는 거예요? 그런 얘기나 하려고 저희한테 기껏 비싼 고기 먹인 거예요?"

지석은 차마 두 사람과 눈을 마주칠 자신이 없어 애써 시선을 돌렸다. 마침 식당 모니터에서는 아비치 게임즈의 또 다른 스타인 서문담 수석 프로그래머를 다룬 기사가 나오고 있었다. 지석에게는 온 세상이 이미 지옥이었다.

"방법이 찾아지지 않잖아. 우리는 이런 의뢰를 수행할 정도로 전문가가 아닌 거야."

"방법은 찾으면 다 나와요, 형님. 웬일로 용기 없는 모습? 첫 시도도 충분히 위협적이었다고요. 지옥 메인 스테이지까지 다가갔잖아요."

용섭이 잔뜩 치기 어린 말을 늘어놓았다. 하지만 지석의 계획과 달리 결론이 나지 않았다. 수경은 적잖이 실망한 듯 아예 젓가락을 놨고, 용섭은 흥분해서 다음 작전에 대해 부주의하게 떠들어댔다. 얼마 전까지도 백철승 신봉자였던 용섭의 반응이 생경했다. 용섭은 단순한 만큼 마음씨가 여렸다. 대의명분보다 중요한 건 우정과 의리. 인간관계가 좁은 녀석에게 오랜만에 만난 동갑내기 수경은 더없이 소중한 인연인 셈이다.

둘을 보내고 혼자 사무실로 돌아온 지석은 언제나처럼 편의점에 들렀다. 적당히 시간을 끌면 될 거라는 기대는 포기해야 할 듯했다. 술을 사서 편의점을 나서는 길에 지석은 예상외의 사람과 마주쳤다.

백철승 대표였다.

"도지석 씨? 근처 살아요?"

"아, 사무실이 이 건물이라서요. 그런데 대표님께서 여기엔 무슨 일로?"

지석의 속마음은 당신 같은 귀공자가 이런 누추한 곳엔 어쩐 일로 행차했냐는 비아냥이 담겨 있었다.

"저에게는 추억의 장소라 와 봤습니다. 오늘 좀 센치해져서요."

그 말에 지석은 이곳이 완영순 두뇌 탈취사건이 벌어진 장소라는 걸 떠올렸다. 백철승이 직접 실행에 옮긴 사건. 백철승은 그 일을 추억하는 듯했다.

"한잔하려나 봐요?"

"아뇨, 이건 그냥……."

지석은 손에 든 소주만 담긴 봉지가 부끄러웠다. 하필 이런 타이밍에!

"저랑 한잔 안 할래요? 회사에 꽤 괜찮은 공간이 있거든요. 마침 친구들도 모일 예정이니 지석 씨에게 소개도 해드릴게요."

지석은 잠시 망설였다. 내키지는 않았지만 어쩌면 마지

막 기회일지도 모른다는 직감이 들었다. 결국 그를 따라나서기로 했다.

백철승은 삼중의 보안 절차를 거친 특수 엘리베이터를 타고 최고층으로 올라갔다. 아비치 게임즈가 입주해 있는 건물에도 계급이 있는 듯했다. 20층 라운지까지는 어느 정도 오픈된 공간이라면 최고층은 건물 입주사 중에서도 백철승 같은 VIP만 이용이 가능한 시설 같았다. 밖에서는 이런 구조가 숨어 있는 줄은 상상도 하지 못했다. 일반 엘리베이터보다 두 배는 빠른 속도로 올라가더니 덩굴식물로 된 터널을 지나 최고층에 도착했다. 정신이 아찔했다.

백철승의 말은 거짓이었다. 지석이 들어선 장소는 꽤 괜찮은 공간이 아니라 너무나도 근사한 공간이었다. 건물 옥상에 이런 곳이 있었다니! 천국 서버에 접속한 듯한 기분이었다. 아직 아무도 도착하지 않은 듯 자리는 텅 비어 있었지만 조금도 휑하다는 느낌이 들지 않았다. 곧 손님들이 올 예정인지 세팅은 끝나 있었다. 하나같이 먹기 아까울 만큼 예뻤다. 지석이 주변을 두리번거리는데 백철승이 먼저 자리에 앉았다. 지석은 할 수 없이 그 맞은편에 앉았다.

"친구들은 금방 도착할 거예요. 우리끼리 먼저 한잔하죠."

지석의 의사도 묻지 않고 술을 권한 백철승은 곧장 심각한 이야기를 꺼냈다.

"단도직입적으로 말하겠습니다. 도지석 씨, 아비치 게임즈의 지옥 서버에 안 좋은 이미지를 갖고 있죠?"

그 말에 지석은 고급술을 그대로 뱉을 뻔했다. 이런 식으로 먼저 치고 들어올 줄이야. 어쨌든 지석이 침투한 건 사실이고, 백철승이 확인했을 것도 분명하니 인정하는 게 속 편할 거라는 판단이 들었다.

"맞습니다. 저는 지옥 서버를 의심하고 있어요."

지석은 솔직하게 털어놓았다.

"그럴 것 같았어요. 도지석 씨는 똑똑하고 날카로운 사람처럼 보였거든요. 저를 무작정 지지하는 사람들보다 저도 도지석 씨 같은 사람이 더 좋아요."

백철승은 이미 알고 있다는 듯 여유 넘치는 태도로 응수했다. 이에 지석은 더욱 솔직해지기로 했다.

"저도 단도직입적으로 묻겠습니다. 외부에 공개 안 하는 비밀이 있죠?"

"여러 번 말하지만 지옥 서버 안에 무고한 사람은 없어요. 지옥이 그래서는 안 되죠. 설마 그 부분을 오해하는 건 아니겠죠?"

"뭐, 딱히……."

그렇게 답했지만 정곡을 찌르는 말에 지석은 마땅한 답을 찾지 못했다.

"대신 도지석 씨한테만 특별히 하나 말할게요. 사람들이 제일 궁금해하는 부분이에요. 우리가 지옥에서 죄인들에게 어떤 고통을 주고 있는지."

"어떻게 하는데요?"

"지옥을 만들기 전에 여러 자료를 뒤졌죠. 동서양을 막론하고 고대부터의 모든 종교와 신화에 등장하는 지옥을요. 하지만 거기 나오는 고문들은 일단 효율성이 없어요. 시도 때도 없이 타오르는 불구덩이에 사람을 집어넣었다고 생각해 봐요. 극한의 고통만 지속되면 제 아무리 성인군자라도 3시간도 못 버티고 정신을 놓을 겁니다. 기껏 보존한 흉악범의 자아 뉴런이 고스란히 망가진다니까요. 자기가 저지른 범죄는커녕 본인 이름도 기억하지 못하는 상태가 되죠. 이래서는 속죄고 처벌이고 아무 의미가 없게 돼요."

"그래서……."

지석은 저도 모르게 침을 꿀꺽 삼켰다.

"바늘이요."

"바늘이요?"

"네. 수만 번 연구한 끝에 고안한 방법이에요. 사람 몸의 평균 표면적은 약 1만 7,000제곱센티미터거든요. 그것을 가로세로 1센티미터의 정사각형 구획으로 나누면 1만 7,000개의 구획이 나오겠죠. 지옥 서버에서는 5분에 한 번씩 이 구획 중에서 무작위로 하나를 정해 7센티미터 길이의 두꺼운 대바늘로 몸을 관통합니다. 경우의 수가 너무 많아 예측은 무의미하죠. 평균 5분에 한 번이라는 거지 정확한 시간도 알 수 없습니다."

백철승의 눈에는 점점 희열이 차올랐다.

"바늘은 뼈가 있는 부위든 내장이 있는 부위든 반드시 7센티미터 깊이만큼 다 들어갑니다. 저희가 고안한 통증은 그런 거예요. 당하는 입장에서는 통증만큼이나 공포 때문에 미치는 거죠. 언제 어디로 바늘이 다가올지 모른다는 공포. 그리고 하루에 한 번은 1만 7,000개의 구획 전부로 바늘이 동시에 관통합니다. 이건 저도 상상이 안 되는 고통이에요. 다만 가장 큰 비명이 그때 나오더군요. 재미있죠? 이걸 당하는 범죄자가 있는 방의 사방, 그리고 위아래에서 자신이 저지른 범죄 영상이 24시간 흘러나오고요. 법정 기록을 토대로 최대한 똑같이 재현한 영상입니다. 자신이 왜 이 고통을 당하고 있는지 절대 잊지 말라는 의미죠. 눈을 감아도 소용없어요. 죄인의 눈꺼풀은 투명 상태로 변화시켰거든요. 불안에 떨며 언제 다가올지 모를 고통만을 무작정 기다리는 겁니다. 자신이 저지른 죄의 영상에 포위당한 채로요. 물론 죄인이 완전히 미치지 않도록 안전장치도 고안했어요. 일주일에 하루, 일요일에는 휴식을 줍니다. 어떤 고통도 없는 날이에요. 그날만큼은 범죄 영상이 아니라 어린 시절과 사랑하던 사람들의 모습이 재생되죠. 자기가 어떤 사람인지 잊지 말라는 뜻입니다. 그래야 고통도 의미가 있으니까요."

백철승의 이야기를 듣는 동안 지석은 양팔에 닭살이 돋아나는 것 같아 몇 번이나 팔을 쓰다듬어야 했다.

고문 내용도 끔찍했지만 인간이 이렇게까지 집요하게 남

을 고문하는 방법을 연구했다는 사실 자체가 믿기지 않았다. 세계적인 명문대에 유학까지 다녀왔다는 특출한 머리로 왜 이런 것들을 생각하고 꼼꼼하게 구현한 걸까. 방금 백철승의 말은 순도 100퍼센트의 진심이었다. 부러울 것 하나 없어 보이는 그가 타인을 벌하는 방법을 고심하고 또 고심했다면 이유는 하나뿐일 듯했다. 백철승은 완영순을 뛰어넘는 사이코패스다. 이제 지석은 백철승이 얄밉고 고깝게 느껴지는 것을 뛰어넘어 그가 무서워지기 시작했다.

"알아요, 혐오스럽기도 하죠. 저도 이런 얘기를 과시하고 싶지 않아서 도지석 씨한테만 말하는 겁니다."

지석의 마음을 읽은 듯 백철승이 아까와는 다른 어투로 이야기를 계속했다.

"저도 회의감이 들 때가 있어요. 그때마다 범죄 피해자들을 생각해요. 얼마나 억울했을까. 완영순, 그 미친놈은 선량한 모녀가 사는 월세방에 쳐들어가 회칼로 협박했어요. 딸이 죽는 걸 보고 싶지 않으면 따끈한 밥을 해 오라고 했죠. 밥을 하는 엄마의 심정이 어땠을까요? 밥을 다 먹은 완영순은 딸부터 죽이고 절망하는 엄마의 표정을 감상한 뒤에 일부러 천천히 죽였어요. 이런 쓰레기를 겨우 독방에 가두는 데 만족해야 합니까? 사형을 집행할 용기도 없는 이 사회는 글러 먹었어요. 전 이런 놈을 벌주기 위해서는 악마도 될 수 있습니다. 그 대가로 진짜 지옥에 들어가야 한다면 기꺼이 들어갈 겁니다."

백철승은 자신의 말에 완전히 도취되어 있었다.

"완영순을 지옥 서버에 보내기 전에 다른 사람들을 대상으로 실험을 하지 않았습니까? 고문 방법이 꼭 실험을 거쳐 나온 것처럼 들렸거든요. 동물실험이라도?"

계획에도 없는 본심이 나와 버렸다. 지석은 자신이 가진 카드를 전부 내보인 듯해 아차 싶었다. 백철승은 의외로 차분히 답했다.

"오해는 하지 마세요. 어디까지나 머릿속으로만 한 사고실험입니다. 전 변태가 아니에요. 감정이입을 잘하고 상상을 깊게 한 것뿐이에요. 저도 피해자들이랑 다를 게 없거든요."

"왜 자신을 피해자라고 생각하나요? 부족한 거 하나 없어 보이는데."

"그렇게 봐주면 고맙고요. 도지석 씨, 사실 제가 오늘 편의점에 갔던 건 지석 씨를 만나고 싶어서였어요."

백철승은 오랜 친구를 대하듯 지석의 이름을 불렀다.

"네? 제가 그 건물에 있는 건 어떻게 알았는데요?"

"지석 씨가 탐나서 뒷조사를 했거든요. 체커로 일하잖아요. 나름 유명하던데요. 우리 아비치 게임즈에는 지석 씨 같은 사람이 필요해요."

"지금 입사 제안이라도 하는 거예요? 다짜고짜?"

백철승은 자신이 확실한 승기를 잡았다는 듯 여유만만하게 웃으며 답했다.

"정확합니다. 보안 회사에서 해커를 막기 위해 해커였던 사람을 고용하는 것처럼요. 지석 씨가 지옥 서버에 들어가서 보안 업무를 했으면 좋겠어요. 다른 분야도 아니고 공간 정보를 다루는 수리기사였으니 저희한테 딱이죠. 연봉은 원하는 대로 드릴게요."

"갑자기 이야기가 그쪽으로 튀는 이유가……."

"벌써들 왔네요. 인사해요."

지석이 뒤돌아보자 백철승의 친구로 보이는 사람들이 우르르 들어오고 있었다. 구면인 이들도 있었다. 교통사고 때 명함을 준 성태우와 백철승의 사무실에서 본 서문담이었다.

9

백철승의 갑작스러운 영입 제안에 우르르 쏟아져 들어오는 무리까지, 지석은 정신을 차릴 수가 없었다. 백철승을 발견한 서문담은 그의 손을 잡더니 자연스럽게 옆자리에 앉았다.

"얘기 많이 들었어요. 바이크 타는 분 맞죠? 이름은 도지석이고."

서문담이 말을 걸자 지석은 당황하여 대답도 안 나왔다. 외모에 어울리지 않게 저음에다 의외로 푼수 같은 격의 없는 말투였다.

"그럴 것 같이 생겼어. 바이크 타는 사람처럼. 눈빛이 좀 야생 느낌이 있어. 초면에 실수인가? 미안해요. 흐흐."

"아, 아닙니다."

첫인상과 너무 다른 모습에 지석은 얼떨떨했다.

"제 소개를 할게요. 저도 아비치 게임즈 직원이에요. 우리 백 대표와 같이 회사 창립 멤버이고요. 서문담입니다."

백철승이 서문담의 말을 받았다.

"담이 외에도 성 팀장님도 창립 멤버예요. 팀장님, 지석 씨가 우리 회사에서 같이 일할 텐데 재밌을 것 같지 않아요?"

"그럼요. 너무 같은 멤버랑만 오래 일해서 솔직히 질리던 참이었어요."

"나 상처받는다, 성 팀장님."

백철승, 서문담, 성태우는 서로 깔깔대며 친분을 과시했다. 다른 사람들 역시 백철승과 이런저런 인연이 있었고, 모두 전도유망한 사업가였다. 지석이 소외감을 느낄 법도 했지만, 그런 느낌을 받지 않게 감싸 주는 친화력을 지니고 있었다. 고슴도치처럼 잔뜩 가시를 세웠던 지석이었지만 그들과의 대화와 술로 어느새 손안의 햄스터처럼 말랑말랑해지고 있었다. '이러면 안 되는데…….' 하지만 처음의 경계심은 점차 마음속 메아리로만 맴돌았다.

"대체현실에서 활동하는 체커에 대해 들은 적 있죠? 지석 씨는 공간 정보를 마음대로 바꾸는 체커였어요. 수리기사도 했고. 그리고 이건 비밀인데 뉴랜드까지 침투했었대요. 너무 멋있지 않아요? 전설의 총잡이 같은, 그런 거야."

서문담은 더욱 흐트러진 듯했다.

"하하……. 그건 제가 과장한 헛소문인데요."

"아냐, 그렇게 말해도 진짜 같아. 난 확신해. 우리 회사로 꼭 들여야겠어. 아비치 게임즈가 얼마나 좋은지 성 팀장님이 설명해 주라. 팀장님 작년에 인센티브로 집 옮기고 또 뭘 샀다고 했죠?"

"아이 뭐, 그냥 요트 하나 샀죠."

"자, 여기서 말하는 요트는 진짜 요트입니다. 바다에 둥둥."

알코올 때문에 몽롱해졌지만 지석은 그들의 삶이 자신과 얼마나 다른지 알 수 있었다. '눈 한번 감고 아비치 게임즈에 입사하면……?' 화려하고 우아한 세계가 지금 지석을 끌어당기고 있었다. 지석의 편견과 달리 그들은 오만하지도 건방지지도 않았다. 돌이켜보면 그동안 지석의 기분을 상하게 했던 일들은 죄다 헬도천 사람들이 행했다. 스트레스에 찌든 나머지 서로를 향해 분노를 해소할 수밖에 없는 사람들. 무식하고, 못생기고, 성격마저도 안 좋은 사람들. 주차 문제로 주먹다짐이 오가고, 몇 천 원 때문에 서로를 속이려 드는 일상.

지긋지긋했다. 벌써 반쯤 포기한 상태인 수경의 의뢰는 접고, 용섭은 용돈 좀 쥐어 주고 다른 알바를 찾으라고 하고, 그리고 사무실도 닫고 헤븐도천으로 이주할까? 잠시의 상상만으로도 기분이 들떴다. 그런 지석의 마음을 꿰뚫어 본 건지, 백철승은 은근히 지석을 유혹했다. 그가 작은 리모컨을 누르자 루프탑 양쪽 창에 홀로그램 그래픽이 생겼다. 곧 일행이 앉아 있는 루프탑이 푸른 고원을 날아다니는 비행선이 되었다. 기분 좋은 바람에 취할 즈음 이번에는 남태

평양을 활주하는 잠수함으로 바뀌었다. 지석은 기분 좋은 멀미가 났다. 이것이 헤븐도천에서의 삶이겠지? 맞다면 이대로 쓰러져 잠들고 싶었다. 가능한 한 오래.

갑자기 갈증을 느낀 지석은 물을 찾기 위해 안쪽의 바로 이동했다. 우왕좌왕하는 지석에게 얼음이 든 물을 건넨 건 서문담이었다.

"이 술, 은근히 독하죠? 저도 취할 것 같아서 잠깐 빠졌어요."

졸지에 둘은 바 자리에 나란히 앉아 대화를 나누었다. 몇 마디가 돌자 서문담이 의외의 질문을 던졌다.

"참, 지석 씨는 여자친구 있어요?"

"있었는데 없어졌어요."

"없어져요?"

서문담이 지석의 이야기에 관심을 보였다.

"뉴랜드에 있었거든요. 제가 해 줄 수 있는 마지막 선물이라 열심히 일해서 요금도 냈는데……. 근데 서로 합의해서 지금은 그만뒀어요."

"대단하다. 그렇게 안 보였는데 지석 씨 되게 따뜻한 사람이네요. 알면 알수록 놀랍다."

"제가요?"

"아무리 사랑했어도 힘든 일이잖아요. 내가 죽으면 백철승이 그렇게 해 줄까? 난 모르겠다."

그 목소리가 어딘지 쓸쓸하게 들렸다.

"사이만 좋아 보이는데요."

"사이야 좋죠. 근데 사람이 어딘가 매정한 데가 있어요. 좋아한다고는 하는데, 그 사람은 나를 안지도 않아요. 남자들은 대체 왜 그런 거예요?"

"음....... 잘 모르겠는데요."

"지석 씨도 이해가 안 되죠? 내가 이렇게 멋진데. 지석 씨는 절대 안 그럴 거죠? 그렇죠?"

지석은 당황스러웠다. 이런 이야기를 왜 나에게 할까. 하지만 그 모습이 거북하지는 않다는 게 솔직한 마음이었다. 서문담의 털털하고 적극적인 모습에 거리감이 확 줄었다. 처음에 멋대로 상상했던 전형적인 미인이 전혀 아니었다. 너무나 생동감 있게 살아 있는 '실재'였다.

"어? 지석 씨 얼굴 좀 빨개진 것 같은데? 여자랑 이런 얘기 안 하는구나?"

"아, 아뇨. 술 때문에."

"귀엽네. 근데 여기 상처는 면도하다 다친 거예요?"

서문담은 지석의 턱을 간지럽게 만지작댔다. 지옥 서버에서 당한 후유증 때문에 수시로 긁어 상처가 난 자리였다. 서문담의 길고 흰 손가락이 이상하리만치 차가워 어딘지 오싹했지만 지석은 자기도 모르게 조금만 더 이 상황이 계속되기를 기대했다.

"우리 친해질 것 같지 않아요? 회사 꼭 들어와요. 나, 기대하고 있으니까."

서문담은 어느새 지석의 턱에서 어깨로 손을 옮기고는 눈을 똑바로 마주치며 말했다.

이 부드럽고 매혹적인 세계가 곧 지석을 미치게 만들 것 같았다. 지석은 자리로 돌아가는 대신 화장실로 가 찬물로 세수했다. 서문담의 말처럼 얼굴이 새빨갰다. 스스로가 한심스러워 절로 한숨이 나왔다.

'나는 왜 백철승의 반대편에 선 걸까?' 냉정하게 생각할 필요가 있었다. 안 지 한 달도 안 된 수경 때문에? 수경의 희박한 음모론에 빠져서? 교통사고가 났을 때 백철승이 보인 차가운 태도를 가면이라고 확신해서? 그것만으로는 설명되지 않았다. 보다 근본적인 힘이 자신을 이끌었지만 설명할 재량이 없었다.

그때였다.

"에이, 개새끼들. 여기 넣지 말라고 써 놓기까지 했는데."

대변기 칸에 누가 있던 것이다. 곧이어 주름이 자글자글하고 허리가 굽은 여자가 고무장갑을 낀 채로 나왔다. 지석도 청소부도 예상 못 한 마주침이었다. 지석을 보는 순간에, 더 정확하게는 '백철승 무리의 일원'인 지석을 보는 순간에 그녀의 눈은 공격당하는 초식동물의 그것처럼 변했다. 여자는 자신이 방금 내뱉은 말을 지석이 들었다는 사실에 놀라서는 바짝 마른 입술을 떨다 간신히 더듬더듬 변명했다.

"아이고, 선생님. 변기가 담배 때문에 막혀 있어서요. 다른 청소하는 놈들이 그랬을 거예요. 죄송합니다."

초로의 여자는 고개를 숙이며 지석에게 연신 사과하고는 후다닥 화장실을 나갔다. 종종 망각하지만 건물에는 로봇이 아닌 인간이 일하고 있다. 그중에는 기계보다도 못한 대우를 받는 투명인간 같은 이들도 있었다. 기계가 미처 제거하지 못하는 구석구석의 찌든 때를 손으로 닦어내는 일을 하는 사람들. 그들은 새벽부터 등이 굽도록 일하고도 남의 눈치를 살펴야 했다.

그 잠깐의 마주침이 계기였을까? 지석의 머릿속은 하나의 생각으로 정리되기 시작했다. 지석은 젖은 얼굴 그대로 화장실에서 나왔다. 그리고 백철승 무리가 있는 테이블로 다가갔다. 화장실에 들어갈 때와 달리 걸음은 흔들리지 않았다.

지석이 돌아오자 백철승이 기다렸다는 듯이 건배 제안을 했다. 직접 지석의 잔에 술을 따라 주었다.

"지석 씨가 우리 모임에 들어온 걸 축하하면서 함께 건배해요. 모처럼 즐거운 밤이네요. 우리 앞으로 자주 보게 되겠어요. 공적으로도, 또 사적으로도. 그렇죠, 지석 씨?"

백철승의 말이 끝나자 모두 기다렸다는 듯이 입가에 은은한 미소를 띠며 지석을 바라봤다. 뭐라고 멋진 말을 해야 할 것 같은 분위기였지만 지석은 그들의 기대를 채워 줄 수 없었다.

"멋진 제안이지만, 내 대답은 이겁니다. 백철승 씨."

지석은 자리에서 일어나 들고 있던 술잔을 그대로 뒤집어 테이블 위에 쏟았다. 오래된 영화에서나 볼 법한 진부한 행동을 한 것 같아 멋쩍었지만, 덕분에 모든 것이 또렷해졌다. 지석의 돌발행동에 모두가 어떻게 해야 할지 당황했다. 미소를 띤 얼굴 그대로 숨소리도 내지 않고 가만히 있기만 했다. 지석이 쏟은 보라색 술 방울이 백철승의 흰 셔츠에 점점이 얼룩을 만들었다. 잠시 고개를 숙이고 있던 백철승이 지석을 올려다봤다. 눈동자 아래로 흰자위가 잔뜩 보이는 차가운 눈. 처음 보여 주는 표정이었지만 동시에 가장 진실한 눈빛처럼 보였다.

"이유나 들읍시다."

백철승은 착 가라앉은 목소리로 또박또박 말했다.

"천국에 사는 놈들이 지옥을 만들겠다고 하는 게 징그러워서."

지석은 마음이 바뀌기 전에 얼른 발길을 돌려 자리를 벗어났다. 올라갈 때는 보안이 철저해도 내려가는 건 별다른 도움 없이도 가능했다. 덕분에 모양 빠지는 일은 발생하지 않았다. 그들이 지석이 떠난 뒤 무슨 말을 나누었는지는 알 수 없었다.

다만 헬도천에 사는 이들의 흔한 투정 같은 말을 해 버렸다는 건 조금 후회가 되었다. 그들이 화려한 삶을 산다는 데 질투를 느끼고 분노했던 것은 아니었으므로. 오히려 젊은

나이에 벌써 부와 명예를 거머쥔 백철승을 누구보다 동경
했었다. 하지만 직접 만나 본 그는 자신들이 가진 힘에 어울
리지 않는 천진난만한 태도를 지니고 있었고, 그 부분이 지
석을 메스껍게 만들었다. 누구보다 안전한 자리에 앉아서
는 누구보다 잔인한 상상을 즐기며 자신에게 세상을 심판
할 권리가 있다고 생각하는 자.

지석은 죽은 여자친구를 떠올렸다. 사망 후 뉴랜드에 입
주한 희진은 채 1년도 못 살고 '요금 미납'으로 사후세계에
서마저 소멸해 버렸다. 죄는 단지 돈이 없다는 것뿐이었다.
자본을 동력으로 돌아가는 세상에서 가장 큰 죄는 가난이
고, 이 죄목으로 수많은 사람이 이미 심판받고 있었다. 윤리
와 도덕은 지옥에서 그들을 구원해 준 적이 없었다. 아비치
게임즈의 일원들은 그런 삶을 이해해 본 적도 없고, 이해할
필요도 없는 자들처럼 보였다. 그들이 내세우는 도덕적 잣
대는 일차원적인 위선일 뿐만이 아니라, 자신들의 폭력을
정당화하는 도구일 뿐이지 않은가.

물론 지석도 악인을 향한 심판이 필요하다는 데 동의하
는 사람이다. 다만 그것이 백철승을 통해, 특정 개인이나 기
업을 통해 이루어져서는 안 될 것이었다. 이제야 지옥 서버
를 응원하는 내내 마음 한구석에 자리 잡고 있던 불쾌감의
정체를 깨달을 수 있었다. 이런 종류의 역겨움을 예민하게
포착해 내는 지석 특유의 반골 기질이 이번에도 재빠르게
반응한 것이다. 지석의 팔자를 사납게 만들고 그의 이마에

가난의 인장을 박아 넣은 도대체가 한심한 기질. 이것이 평생 한 번 있을까 말까 한 주류 사회로의 편입을 막았다. 하지만 지석은 자신의 천성이 싫지 않았다. 아니, 자신이 가지고 태어난 것들 가운데 유일하게 좋아하는 부분이었다.

다음 날, 지석은 평소와 다름없는 일과를 되풀이했다. 어제 일을 후회하지도 않았고, 특별히 뿌듯해하지도 않았다. 불과 몇 시간 전 일이 꿈처럼 아득하게 느껴졌다. 하지만 주위에 영향을 끼치지 않고 일어나는 일은 하나도 없듯이 지석이 부린 오기의 효과도 예상치 못한 곳에서 나타났다.

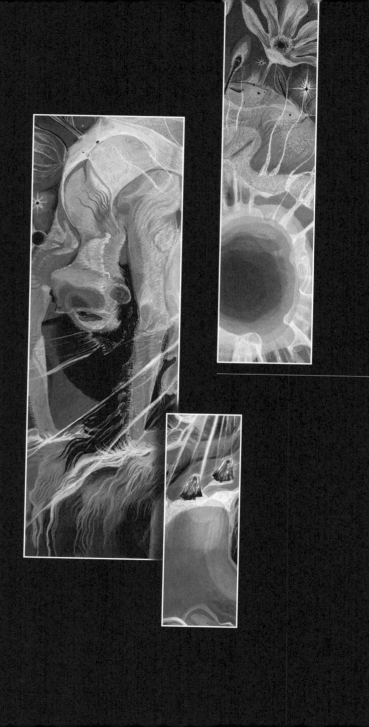

3장
죄 없는 자의 돌

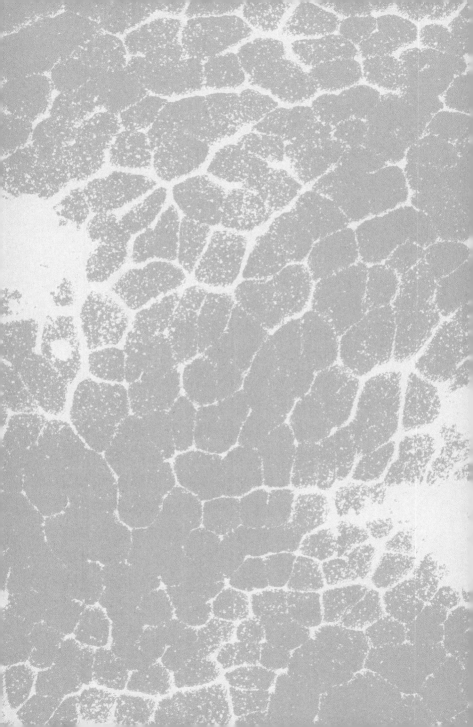

용섭을 퇴근시키고 혼자 남은 지석에게 한 통의 전화가 걸려 왔다. 모르는 번호였는데 전화를 건 상대는 아는 사람이었다.

"도지석 씨, 저 성태우입니다. 아비치 게임즈 보안팀장. 빌린 핸드폰으로 전화하고 있어요."

"네? 누구요? 아……. 그런데 저한테 무슨 용건 때문에……. 백철승이 어제 일로 고소라도 하겠답니까?"

"아뇨, 그런 용건이 아닙니다. 잠시 만나서 말씀 좀 나눠도 될까요? 주소는 제가 보내드리겠습니다."

사적으로 만날 거라고는 생각도 못 했던 인물이라 지석은 꺼림칙한 마음이 컸다. 한편으로는 굳이 빌린 핸드폰으로 연락한 이유가 무엇이며, 은밀한 뉘앙스를 풍겨 궁금증이 발동했다. 이상하게 우호적인 말투라 큰 문제는 없을 것 같았다.

성태우가 알려 준 곳은 도천대로에서 한참 벗어난, 외딴

블록에 있는 무인 카페였다. 손님이 한 명도 없는데도 성태우는 지석을 굳이 가장 구석진 테이블로 안내했다.

"도지석 씨. 힘을 합치고 싶습니다."

도통 이해가 안 가는 말이었다.

"네? 무슨 힘을 합쳐요?"

"지석 씨 일행이 지옥 서버에 침투하려는 계획을 세웠죠? 실패했지만 이미 시도도 했고요. 백철승 대표도, 서문담 팀장도 공유하고 있는 일입니다. 설마 우리가 모를 거라고 예상한 건 아니겠죠."

성태우의 말이며 행동에는 잔뜩 힘이 들어갔다.

"잠깐만요. 우리가 벌인 일을 다 알고 있다니 저도 변명은 하지 않겠어요. 맞습니다. 그런데 뭐라고요? 저와 힘을 합치고 싶다니요? 아비치 게임즈 보안팀장인 당신이? 회사 덕분에 요트도 장만했는데."

"어젯밤 지석 씨의 행동에 반했습니다."

지석은 어이가 없었다.

"네? 제가 술 먹고 깽판 친 거에 반했다고요?"

"정말입니다."

성태우는 두 눈에 더욱 힘을 주었다.

"더 정확히 말하면 저는 오랫동안 도지석 씨 같은 분을 기다려 왔습니다. 처음에는 교통사고가 난 것에 앙심을 품고 접근했다고 여겼어요. 하지만 백철승 대표의 입사 제안을 거절한 걸 보고 강한 소신을 가진 사람이구나 했죠. 그래서 말인데요. 왜 지옥 서버에 침투한 건지 물어봐도 괜찮을 까요?"

상대가 이렇게까지 나오니 지석도 어느 정도 마음을 돌려 진실하게 답했다.

"의뢰를 받았어요. 죽은 엄마가 지옥 서버에 실험체로 쓰였다고 확신하고 있는 사람에게서요. 허황에 가득한 주장 같아서 저도 의구심이 들어 확인만 해보려 한 건데, 파면 팔수록 아비치 게임즈에서는 의심스러운 것들이 보이더라고요. 또 백철승 대표라면 충분히 생사람을 실험용으로 쓸 수도 있겠구나 하는 확신이 들었어요."

성태우는 제대로 짚었다는 듯 고개를 끄덕였다. 이번에는 지석이 물었다.

"난 성태우 팀장님이 왜 나한테 힘을 합치자고 제안하는 건지가 더 궁금해요. 빌린 핸드폰으로 전화를 걸고, 아무도 없는 곳으로 부르는 걸 보면 꼭 대표를 배신하려고 기다렸다는 얘기처럼 들리는데요."

지석의 말에 성태우가 낮은 한숨을 쉬었다.

"저도…… 인간입니다."

"네?"

"저는 지석 씨처럼 백철승 대표의 달콤한 제안을 단칼에 거절할 수 있는 사람은 아닙니다. 안락한 생활을 포기할 수도 없고요. 하지만 그렇다고 이것이 잘못된 일이라는 걸 모른 척하고만 있을 순 없어요. 저도 양심이 있습니다. 지옥 서버는 말 그대로 온 세상을 지옥으로 만들 거예요. 반드시 막아야 하는데, 그래야 하는데."

성태우는 물 한 모금을 마시고 다시 이야기했다.

"현재 지석 씨의 정보로는 부족해요. 저는 능력이 부족하고요. 그래서 우리가 힘을 합쳐야 해요. 더 시간이 지나면 막을 수 없어요."

성태우는 간절해 보였다. 엄마를 찾아 달라고 왔던 수경만큼이나. 그의 이야기를 조금 더 듣는다고 문제가 커질 것 같지는 않았다.

"왜 그런 생각을 했는지 자세히 듣고 싶은데요."

"백철승은 불안정한 사람이에요. 세상에 완벽한 사람은 없다는 차원이 아니라 위험한 사람이에요. 겉으로는 모두에게 한없이 따스해 보이죠. 매너도 좋고요. 하지만 생명을 가볍게 생각해요. 지금껏 제가 처리한 고양이만 수십 마리예요……. 전부……."

그 말에 지석은 백철승의 품에 안겨 있던 고양이를 떠올렸다.

"고양이를 실험용으로 사용하여 온갖 학대와 고문을 가했군요."

"네? 알고 계셨어요?"

성태우는 정말로 놀라 보였다.

"교통사고가 났을 때 차에 타고 있던 고양이랑 사무실을 방문했을 때 있던 고양이가 다르던데요."

"아, 역시. 눈썰미가 좋으시네요. 인간 대상 실험이 가능했으면 당연히 인간을 대상으로 했을 거예요. 동물실험 허가도 여러 인증이 필요하니까 강아지나 고양이 같은 반려동물을 대상으로 실험을 진행했죠. 정말 끔찍한 건 그게 대의를 위해서 꼭 필요한 희생인 것처럼 숭고하게 여긴다는 거예요. 동물들을 잔인하게 죽여 놓고 자기는 좋은 일을 했다고 뿌듯해하죠. 그 아이들이 어떻게 죽어 가는지 상상도 못 할 거예요."

"무슨 말인지는 이해했어요. 그런데 결국 성 팀장님은 죽은 고양이를 처리한 게 기분 나빠서 저한테 협력하겠다는 말이에요?"

지석은 일부러 성태우를 자극시켰다.

"당연히 그게 전부는 아니에요."

효과가 있었다. 성태우는 미간의 주름을 펴고 자세를 바로잡았다. 감정에 휘둘리는 사람으로 보이기 싫어서인 듯했다.

지석의 입장에서는 고양이로 시작된 의심은 맞았다. 왜 몇 주 사이에 키우던 고양이가 바뀌었을까? 백철승은 왜 고양이에 대해 지석에게 거짓말을 했을까? 이 사소한 질문이 지금은 고양이 수십 마리 혹은 그 이상에게 잔혹한 고문을 가하는 실험을 했다는 사실을 밝혀내기에 이르렀다. 그리고 이제는 사람을 향하고 있다. 더는 추측이 아니다.

"다들 지옥 서버가 시민의 후원으로 운영된다고 알고 있

죠. 그건 착각이에요. 후원은 연막이죠. 진짜 돈은 기업들로
부터 나와요. 대한민국 10대 상장사는 전부 아치비 게임즈
에 돈을 대고 있습니다. 물론 비공식적으로요."

성태우가 가진 정보는 지석의 기대 이상이었다.

"대기업들이요? 이상하네요. 백철승에 대한 여론이 이렇
게 좋은데 왜 비공식이죠? 홍보 효과도 없잖아요. 게다가
이미 사망한 범죄자 100여 명을 고문하고 있는 서버에 무슨
돈이 그렇게 많이 필요하다고……."

"이유를 모르겠다는 게 제일 무서운 점이에요. 지금부터
는 제 추측입니다."

성태우는 아무도 없는 카페를 다시 한번 둘러보고는 이
어 말했다.

"기업가가 살인을 저지른다고 사형을 선고받을까요? 그
렇지 않을 겁니다. 그들은 제일 비싼 변호사를 쓰니까요. 또
판검사들도 심정적으로는 그들의 편이고요. 지옥 서버도
결국 법원에서 내린 판결 결과를 반영하는 곳이니 그들은
지옥 서버에 들어갈 염려가 없겠죠. 그럼 누가 들어갈까요?
물론 죄가 없는 사람들도 있겠지만 기득권층의 반대편에
있는 사람들만 들어가지 않을까요? 즉, 그들은 미래 세상에
변수가 없길 바라는 거예요. 시스템이 이대로 유지되기를
요. 오래전부터 그래 왔지만 이제 시대가 바뀌었으니 다른
방법을 쓰는 거죠. 그러기 위해서는 튀어나온 못들을 확실
히 때려 줄 망치가 필요하고 말이죠. 언제나처럼."

성태우는 추측이라고 했지만 그의 눈빛은 확신이라고 말하고 있었다.

"그건 팀장님의 비약 같은데요. 기업가들이 왜 살인을 해요? 세상이 알아서 기잖아요, 납작!"

지석이 엎드리는 몸짓까지 취하며 말하자 성태우의 목소리가 이전과 달리 커졌다.

"도지석 씨, 두려운 건 이것만이 아니에요. 백철승 대표는 요즘 A.L 컴퍼니 임원진들과 소통하고 있어요. 뉴랜드를 총괄하는 회사요. 백철승의 퍼포먼스가 성공하면 지옥 서버는 결국 뉴랜드에 흡수될 겁니다. 국회는 지금껏 A.L 컴퍼니가 원하는 법안은 다 가결했으니 관련 법이 통과되는 것도 시간문제예요. 그럼 세계 최대의 사후세계에 정식으로 '지옥'이라는 처벌제도가 생기는 겁니다. 순진하게 거기 흉악범만 집어넣는다고 장담할 수 있겠어요?"

지석의 머리가 지끈거렸다. 성태우가 쏟아내는 디스토피아적 전망을 듣고 있자니 뇌에 과부하가 걸릴 것 같았다. 그의 말에는 과장이 섞여 있고, 다소 삐딱하기도 했다. 그래도 헛소리 같지는 않았다. 지옥 시스템이 일반화되고, 거기에 돈을 대는 주체가 사기업, 그것도 막강한 자금을 가진 대기업들이라면 그들의 심기를 거스르는 자들은, 설사 무고하더라도 쥐도 새도 모르게 지옥에 처넣을 수도 있을 것이다. 하물며 육체가 존재하는 세상도 아닌 데이터로 감각을 재현하는 인공 사후세계에서는 더 쉬울 것이다. 성태우의 말은 일리가 있다. 이상하리만치 오싹한 데가 있는 얘기들이지만.

지석이 생각에 잠겨 있는 사이 성태우가 또 의외의 말을 꺼냈다.

"하지만 전 아비치 게임즈를 떠나지 않을 겁니다. 죄송해요. 그래도 제가 내부자로 남아야 여러분을 제대로 도울 수 있을 테니까요. 제가 알고 있는 정보를 전부 드릴게요. 분명히 지옥 서버를 파괴할 방법이 있을 거예요. 제가 먼저 지옥 서버의 구조부터 차근차근 설명할 테니……."

"잠깐만요."

너무 빠른 전개에 머리가 아찔해진 지석이 성태우를 저지했다.

"성태우 팀장님. 구체적인 설명은 우리 팀원들이 있는 데서 해 주세요. 듣는 귀가 하나라도 더 있어야 좋은 작전이 나오죠."

페이스 조절을 해야 했다. 두 번 다시 오지 않을 귀중한 기회다. 첫 침투 실패 후 전혀 방법을 찾지 못하던 지석에게 한 줄기 서광이 비춘 셈이었다. 그런 마음을 숨기며 지석이 먼저 악수를 청했다.

"들키지 않을 자신 있어요?"

"주중 3-4시면 괜찮습니다. 월요일부터 금요일까지 백철승 대표가 매일 같은 시간에 트레이닝을 받거든요. 변수가 생기면 미리 연락드리겠습니다."

"내일 이 시간에 여기서 다시 봐요."

그날 밤, 지석은 기대감으로 잠을 이룰 수가 없었다. 술도 게임도 하지 않고, 대신 오랜만에 뉴스를 켰다. '지옥 예비자 블랙리스트'라는 사이트가 개인정보 유출의 온상이 되었다는 소식이 나오고 있었다. 본래는 지옥 서버에 보낼 흉악범들을 제보하기 위해 개설된 페이지였는데, 사람들이 자신이 원한을 품은 이들의 신원을 무절제하게 올리는 바람에 방향성을 상실한 성토의 장이 되었다는 내용이다. 돈을 떼먹은 동창, 사소한 시비가 붙은 옆 가게 상인, 유산 다툼을 벌이는 중인 형제까지. 모두가 자기 관점의 악인을 지옥에 넣어 달라고 호소하고 있었다. 영리한 백철승이 여기 반응할 리는 없겠지만 사람들은 화풀이하듯 마구잡이로 글을 썼다.

토막 뉴스를 보며 지석은 지옥 서버를 지탱하는 가장 큰 원동력을 깨달았다. 분노. 닫힌 솥에 차오른 증기처럼 조용히 힘을 모으고 있던 사회 곳곳에 놓여 있던 분노.

지난 수십 년간 대체현실 기술은 놀라운 혁명기를 보냈다. 컴퓨터 발명 이상의 굉장한 기술과 그 몇 백 배에 달하는 속도의 발달이 수많은 문제를 해결했다. 급기야 죽음으로 인한 소멸의 문제까지도. 동시에 사회적 약자들이 공동체에서 솎아지고 도태되었다. 특별한 재능도 지식도 없이 주먹구구로 안일하게 세상을 살아 보려 했던 사람들. 기술은 이들의 의자부터 빼앗기 일쑤였다. 별다른 숙련 없이 일하던 노동자들이나 적은 자본으로 차릴 수 있는 골목 가게들의 자리는 엄청난 속도로 사라져 갔다. 그들은 어둡고 좁은 방으로 숨어들어 대체현실에 골몰했다. 그렇다고 그들 마음속 응어리도 없어졌을 거라 여겼다면 착각이다. 지석은 밀려난 사람들의 사무친 분노를 뼈저리게 알 수 있었다. 당장 자신도 그랬으니까.

분노는 가장 질기고 지독한 감정이다. 아무리 억누르려 해도 반드시 어딘가로는 배출될 곳을 찾는다. 정치가, 문화가 소외된 이들의 노여움을 외면하는 동안 그 분노를 대신 받은 곳은 불행하게도 백철승의 지옥이었다. 쌓이고 쌓인 사람들의 분노는 지옥을 먹여 길렀고, 그것이 곧 세상을 집어삼킬 태세였다.

다음 날, 지석은 용섭과 수경을 불러 새 작전이 시작되었음을 알렸다.

"아비치 게임즈 사람과 손을 잡기로 했어. 성태우, 창립 멤버이자 지옥 서버 보안 담당자야. 그 사람이 우리에게 지옥 서버의 구조를 자세히 설명해 줄 거야. 하지만 아직 아군인지 확신할 단계는 아니니까 거리를 둘 필요가 있어. 다들 신경 바짝 곤두세우고 들어. 잘 듣고, 그가 제시한 방법이 타당하면 거기 맞는 계획을 세우자."

지석의 이야기에 용섭은 당장 반색하고 나섰다.

"허억. 아비치 게임즈 보안 담당자라면 이거 게임 끝났네요."

반면에 수경은 의심스러운 눈치였다.

"그 사람이 우릴 돕는 이유가 뭔가요?"

"백철승을 위험한 놈이라고 생각하고 있어. 그리고 지옥 서버가 걷잡을 수 없이 커지는 걸 막고 싶어 해."

지석은 더 이상의 말은 하지 않았다. 수경은 완전히 납득한 것 같지 않았지만 그렇다고 더 문제를 제기하지도 않았다. 세 사람은 시간에 맞춰 카페로 갔다. 성태우가 먼저 와 지석 일행을 기다리고 있었다.

"이쪽은 아까 얘기한 성태우 팀장님. 여기는 제 친구들이에요. 저랑 1년째 일하고 있는 박용섭, 이쪽은 홍수경. 둘 다 올해 스무 살이에요."

지석의 소개가 끝나자마자 성태우가 핸드폰을 조작했다. 그러자 가게 창 앞에 3D 이미지가 떠워졌다. 직접 그린 듯한 조잡한 그림이었다. 납작한 모양의 팽이 위에 각 부분의 명칭이 표시되어 있었다. 자세히 보니 지옥 서버 구조도였다. 지옥 서버는 나선형 비탈을 따라 아래로 내려가게 설계된 것 같았다.

"지옥 서버 디자인은 백철승이 제일 애착을 갖고 있는 부분이에요. 가장 바깥쪽인 1단계 지옥은 서양 문명에서 자주 등장하는 지옥에서 따왔어요. 그다음 2단계 지옥은 동양 문화에 자주 등장하는 지옥에서 모티프를 얻었고요."

성태우는 리모컨으로 일일이 짚어 가며 열심히 설명

했다.

"이미 눈치챘겠지만 1단계와 2단계는 배경 이상의 의미는 없어요. 지옥이라는 상징성만 보여 줄 뿐이죠. 마지막인 3단계가 지옥 서버의 메인인데, 실제 범죄자들을 가둬 놓은 감옥이에요. 총 5층으로 되어 있고요."

성태우의 설명을 들으며 지석은 지난 침투 때 보았던 것들을 하나하나 대입시켜 보았다.

"우리가 마차에서 본 게 오프닝 영상이 아니라 차례로 1단계, 2단계 지옥을 통과한 거란 말이죠?"

"네. 하지만 단순한 영상이 아니에요. 마차 속 죄인들이 공포를 느끼면서 지옥에 입장하도록 설계하여 만들었거든요. 독수리가 자신의 간을 쪼아 먹는 프로메테우스의 형벌을 내가 당한다고 생각하면 쉽죠. 혹은 산 채로 가마솥에 삶아진다거나요."

여기까지 말한 성태우는 한번 숨을 고르고는 이어 말했다.

"다시 침투할 때는 그 마차를 이용할 수 없어요. CCTV가 있는 정문으로 은행을 털러 들어가는 거랑 마찬가지 행동이에요. 마차에 1분 이상 머무르면 여러분의 신상 정보가 다 감지되어서 침투를 눈치채게 되죠. 그게 지난 침투의 실패 원인이었고요."

"그럼 우리더러 어느 길로 가라는 거예요?"

용섭이 답답함을 못 이기고 재촉해댔다.

"방법이 없는 건 아니에요. 일단 되도록 빨리 마차 밖으로 탈출해서 지옥을 직접 통과해야 해요. 그쪽은 배경 그래픽일 뿐이니까 보안상으로 크게 신경 쓰지 않아요."

"지옥을 발로 걸어서 건너라니……, 그 길이 안전하다는 보장은요?"

지석의 예리한 질문에 성태우가 처음으로 멈칫했지만 곧 침착하게 답했다.

"겉보기엔 무서워도 여러분이라면 충분히 통과할 수 있어요. 게임 데이터들이거든요."

"게임?"

"저작권이 풀린 고전 게임들의 오픈 소스를 그대로 복사해서 짜깁기한 거예요. 그러니까 거기 있는 배경이나 몬스터는 다 옛날 게임의 설계대로만 움직여요. 잘 뒤져 보면 공략 방법이나 치트키를 찾을 수 있을 거예요. 그에 관해서는 여러분이 전문가니까요."

과연 성태우의 설명으로 지석은 대략적인 지옥 서버의 설계도를 그릴 수 있었다. 그럴듯해 보이지만 구석구석 들여다보면 텅 비어 있는 것이 백철승과 닮았다고 생각했다. 지옥 서버를 어마어마한 신화처럼 한껏 부풀리고 과장되게 포장했지만 누군가 이미 만들어 놓은 것을 훔친 게 아닌가.

지석 일행에겐 오히려 감사한 일이었다. 한글도 게임으로 뗀 지석이다. 2단계 지옥까지 돌파하기란 그리 어려워 보이지 않았다.

"형님이랑 저랑은 완전 전문가죠. 게임 의뢰만 1천 개는 받았을 텐데."

용섭은 벌써 성공했다는 듯이 들뜬 모양이었다. 성태우도 어느 정도 맞장구를 쳐 주었다.

"2단계까지 도보로 통과하면 지난번보다 회사 측 대응을 10분 정도 늦출 수 있어요. 여러분 같은 전문가들한테는 전세를 뒤바꿀 수 있는 시간이겠죠."

"2단계까지의 공략법은 그렇다 치고 3단계는요? 거기서는 뭘 해야 하죠?"

"총 5층으로 된 감옥이 본진이에요. 3층부터는 실제 흉악범들이 있어요. 유감이지만 여기서부터는 저도 접근할 수 없는 영역이라 추측만 할 뿐이에요. 물론 어디까지나 대체현실이니까 감옥에 들어가서 문을 연다고 해도 범죄자들을 자유롭게 해 줄 순 없어요. 하지만 감옥 5층에는 포맷 장치가 있어요."

"포맷 장치? '기억 삭제 버튼'이라도 있다 이건가요? 외부도 아니고 지옥 서버 안에?"

지석이 비아냥대며 한 말에 성태우가 진지하게 답했다.

"맞습니다. 서버가 압수수색이라도 받을 최악의 상황을 대비한 거죠. 증거를 인멸한 사실까지 없앨 수 있게 서버 내부에 별도의 장치가 있어요. 그래서 우리한텐 절호의 기회예요. 지석 씨 멤버들이 1, 2단계 지옥을 돌파하고, 감옥 5층까지 점거했다고 가정하죠. 그때 이 포맷 장치를 인질로 백철승에게 협상을 제안하는 겁니다. 지금까지의 데이터를 싹 지울지, 아니면 우리가 원하는 사람들을 석방하고 자아 뉴런을 돌려줄지 말이죠. 우리 목표는 그를 협박해서 원하는 걸 돌려받는 거죠."

"잠깐, 다 좋은데 하나 걸리는 게 있어요. 우린 감옥 2층에서 황금가면을 쓴 요란한 놈한테 막혔어요."

지석이 어느새 맨들맨들해진 턱을 만지작거리며 물었다.

"사실은…… 그게 이번 침투에서 제일 어려운 부분이에요. 여러분 같은 체커 한 명이 지옥 서버를 지키고 있어요."

"체커라고요?"

"위험도 랭크 1, '예언자'."

"자, 잠깐. 랭크 1? 그게 사이버범죄 위험 등급인 거죠? 랭크 1은 우리나라에 열 명도 안 된다는데. 그렇죠, 형님?"

"국내에는 다섯 명이 전부야. 백철승이 랭크 1 체커를 고용했다고요?"

"고용이 아니에요. 그도 창립 멤버죠. 서문담."

성태우가 감정이 없는 목소리로 답했다.

11

서문담.

그 이름을 듣는 순간 지석은 온몸의 털이 곤두서는 것을 느꼈다. 지석은 지난 만남에서 서문담이 왜 자신의 턱을 만졌는지 뒤늦게 깨달았다. 그건 유혹의 행동이 아니었다. 자신이 뚫어 놓은 구멍을 확인해 보려는 악취미였을 뿐이다. 아무것도 모르고 있는 지석을 조롱한 것이었다. 지석은 뒤늦게 찾아온 모욕감에 아랫입술을 강하게 깨물었다.

"서문담이 랭크1 체커라도 여러분처럼 경찰이 탐탁지 않게 보는 대상은 아니에요. 오히려 정부나 공공기관에서도 일을 맡겨요. 그러니 여러분이 상상하는 그 이상이라고 여겨야 해요."

"담이 누나가 랭크1 체커였다니! 이제 이해가 되네. 대체 무슨 능력으로 랭크1이 되었대요?"

"말 그대로 '예언자'예요. '라플라스의 악마'라는 개념을 아시나요? 우주에 있는 모든 원자의 정확한 위치와 운동량을 알고 있는 존재가 있다는 가정이죠. 물론 어떻게 움직일지, 그 존재가 자아가 있다면 생각까지도요."

"생각까지도요?"

"생각이나 계획도 결국 뇌 속 원자의 움직임이니까요. 지난번 침투 때 예언자를 마주쳤다고 했죠? 어디론가 도망치려 해도 그가 먼저 와 있는 느낌을 받았을 거예요. 말 그대로 도지석 씨의 작전을 다 읽었기 때문이에요."

성태우의 말에 지석이 작게 헛기침을 하고는 되물었다.

"그게 사실이라면 이 작전이 무슨 의미가 있죠? 서버에 들어가는 순간에 모조리 간파당할 텐데."

"예언자를 공략할 방법은 세상 누구도 몰라요. 다만 최대한 늦게 알아차리도록 정밀한 계획을 짤 수는 있죠. 세상에는 알고도 당하는 일이라는 게 있잖아요. 누군가 1시간 뒤에 나를 죽이러 온다면 대처할 수 있을 거예요. 문을 잠그고 경찰을 부르면 되죠. 하지만 1초 뒤에 내 얼굴에 총을 겨눈다면 알아도 못 피할 거예요."

"무슨 이야기가 하고 싶은 거죠? 서문담은 랭크 1짜리 체커고, 우리는 기껏해야 랭크 3, 4예요. 체급 차이가 엄청나다고요."

"지금은 이것이 최선이에요. 여러분을 믿어요. 제가 자세한 데이터는 다 넘길 테니까 침투 계획을 면밀하게 세워 주세요. 하나 더. 이번 달 안에 결판을 봐야 합니다."

이번에는 용섭이 끼어들었다.

"왜 이번 달인데요? 열흘밖에 안 남았는데."

"다음 달부터 A.L 컴퍼니의 자회사가 아비치 게임즈에 사람을 파견해 협력 프로젝트를 시작해요. 벌써 지옥 서버를 확장하려고 발동이 걸린 거죠. 그 전에 손써야 해요. 이번에 제대로 경고를 날리면 그도 한발 물러설 겁니다."

거기까지 말한 성태우는 자기 일은 끝났다는 듯이 서둘러 일어날 채비를 했다.

성태우의 설명은 오히려 지석을 혼란스럽게 만들었다. 절대로 풀 수 없는 수수께끼를 풀라는 것처럼 들렸기 때문이다. 지석은 짐을 다 챙긴 성태우를 향해 계속 질문을 던졌다.

"그럴 게 아니라 차라리 직접 자아 뉴런을 훔쳐 오면 어때요? 백철승이 완영순의 뇌를 훔쳤듯이 말이죠. 지방 공장에 서버센터가 있다고 들었어요. 거기 잠입해서 서버에 연결된 자아 뉴런들을 다 뽑아 버리면 되잖아요."

"서버센터가 지방에 있다는 건 거짓말이에요. 서버도, 자아 뉴런들도 모두 본사 건물 지하에 있어요. 그리고 자아 뉴런 연결부는 백철승 외에는 열지 못하는 초강화 아크릴이 감싸고 있어요. 폭탄으로도 부수지 못하죠. 제가 할 수 있는 건 직원 계정으로 원격 연결을 하는 것뿐이에요."

그리고 잠시 침묵이 이어졌다. 늘 긍정적인 용섭도 입을 벌린 채 눈동자만 굴리고 있었다. 그때 내내 침묵하던 수경이 성태우에게 사진 한 장을 내밀었다.

"이름은 민혜주, 나이는 52세. 1년 전 사망해서 스위트 홈 서버에 입주했어요. 혹시 이 사람을 본 적 있나요?"

수경의 행동에 성태우는 짐짓 놀란 듯했다. 사진을 들여 다본 그는 잠시 생각하더니 답했다.

"저는 범죄자들이 갇힌 층까지는 볼 권한이 없어요."

"그래도 내부 사정은 알 거 아니에요. 이것만 말해 주세 요. 완영순 전에 시험용으로 희생된 사람들이 있었죠?"

"그건……. 네, 맞아요. 스위트 홈을 인수할 때 이분이 지 옥 서버로 옮겨진 건 기억해요."

성태우의 인정에 수경이 씁쓸한 미소를 지으며 되물 었다.

"팀장님은 민혜주가 무고한 걸 알고 있었던 거네요?"

"저는……."

수경의 말투는 전에 없이 날카로웠다. 성태우는 말끝을 흐리더니 끝내 시선을 피했다. 수경은 들고 있던 음료를 성 태우의 얼굴에 붓고는 가게를 떠났다. 지석도 예상하지 못 한 행동이었다.

"하하하. 찬 음료라서 다행이네요."

성태우는 멋쩍게 웃으며 얼굴의 물기를 손으로 털어 냈다.

"뜨거운 커피였으면 그쪽 얼굴에 뿌리지도 않았을 거예 요. 누굴 범죄자로 보나."

다음 날부터 지석과 용섭은 성태우가 보내오는 자료를 토대로 지옥 서버 침투 계획을 세워 나갔다. 우선 예선에 해당하는 지옥 1, 2단계를 횡단하는 방법부터 궁리해야 했다.

"형님, 1단계 지옥에 나오는 NPC랑 몬스터들은 '아크앤젤'이랑 '에이지 오브 블랙데스'에서 많이 가져왔네요. 제가 오래했던 게임들이니까 1단계 공략은 제가 맡을게요. 형님은 2단계를 맡아 줘요. 배경은 '풀 메탈 정글'이고, 마지막 거인은 '서유기-지옥도 편'에서 따왔어요."

"알았어. 3단계 감옥 건물은 어떻게 뚫지? 복잡한 미로 구조라서 예언자를 따돌리고 돌파할 방법이 있을지 모르겠네. 두 단계 돌파만으로도 벅찬데."

"전 두뇌 게임은 젬병입니다. 우리 둘로 벅차면 한 명 더 데리고 가는 건 어때요?"

"……."

용섭이 누굴 말하는지 지석은 알고 있었다. 이 작전을 자기 일처럼 해낼 사람, 보안 유지가 걱정 없는 사람, 이 모든 일이 시작되게 한 사람. 바로 수경이었다. 수경이 제 몫을 해낼 수만 있다면 누구보다도 훌륭한 팀원이 될 것이다. '수경이는 간절하니까.'

다만 수경이 체커로 활동할 수 있냐는 의지와는 별개의 문제였다.

대체현실은 데이터로 가공된 감각을 뇌파와 조율하는 기술에서 출발했다. 수용자는 육체라는 매개가 잠든 상태에서 온전히 뇌의 작용만으로 가공의 세계에서 깨어나야 한다. 이 과정에서 낮은 확률로 대체현실 특유의 오류 현상이 일어났다. 데이터 세계가 뇌에 영향을 끼칠 뿐만이 아니라 사용자 고유의 뇌파가 대체현실 세계에도 영향을 끼치기 때문이었다. 초기에 이러한 오류를 발견하고 그것을 활용해 말썽을 일으킨 이들은 대체현실 게임의 오류를 체크하는 일용직들이었다. 그래서 이들의 명칭이 '체커'가 된 것이다.

그러나 체커가 어떤 능력을 지녔는지를 결정하는 건 전적으로 우연의 산물이었다. 일부 개인의 신체적 특성이나 타고난 자질에 따르기도 했으나 그건 예외였다. 그래서 겉보기와는 전혀 다른 능력을 갖고 있는 경우가 많았다. 평생 동물 그리기를 취미로 삼아 온 노인이 갑자기 재능을 발견하고 대체현실에서 몬스터를 만드는 체커가 되기도 했다. 그 말인즉, 아무리 어리고 경험이 없다 해도 대체현실계의 초월자가 될 수 있다는 의미다. 물론 체킹 행위 자체는 범죄에 해당하기에 도덕적 허들도 넘어야 했다. 하지만 지금은 그런 걸 가릴 때가 아니다.

지석은 수경을 테스트 서버에 데리고 들어가 보기로 결심했다.

수경이 지석의 엄마를 따라 청소 일을 한 지도 두어 달이 되어 가던 어느 날이었다. 지석이 한참 출근 준비 중인 수경

앞에 나타났다.

"아르바이트는 할 만큼 했어. 더 중요한 일이 있으니까 같이 가자."

"무슨 일이요?"

"용섭이랑 내가 너희 엄마가 있는 곳에 들어가는데 너는 지난번처럼 밖에서 기다리기만 할 거야? 우리랑 같이 들어가자."

뜻밖의 제안에 수경의 눈이 동그래졌다.

"제가, 들어갈 수 있어요?"

"그걸 지금부터 알아볼 거야."

지석은 수경을 바이크 뒷좌석에 태우고 거리로 나섰다.

야심한 밤에만 운영되는 테스트 서버 밀집 골목이 있다. 그리고 거기 초심자를 키우는 일에 제격인 사람도 있다. 지석은 수경과 함께 어느 건물 지하의, 간판도 없는 가게로 들어갔다. 입구에는 작은 글씨로 '대체현실 게임장'이라고 쓰여 있었지만 일반 게임장이 아니다. 정식 인가가 나지 않은 위험 수위의 대체현실을 다루는 곳이었다. 안으로 들어가자마자 보이는 왼쪽 방에는 열댓 명이 1인용 소파에 기대 대체현실 접속기를 쓰고 있었다. 중앙 스크린으로는 콜로세움 경기장이 보였다. 각자 머리 위에 표시된 소지금이 변하고 있는 것으로 미루어 보아, 도박장이 분명했다. 남녀의 신음이 끊임없이 새어 나오는 작은 방들도 있었다. 붉은 조명만 봐도 용도가 짐작 갔다.

지석은 여러 번 와 본 듯 곧장 테스트 서버용 방으로 들어
갔다. 거기에는 두 사람이 지석을 기다리고 있었다. 한때 지
석과 일했던 이들이었다. 한 명은 레게 뮤지션처럼 아프로
펌을 했고, 다른 한 명은 어딘지 잔뜩 날이 선 듯한 차가운
인상이었다.

"왓썹 브로! 잘 지냈어, 지석 사장님?"

아프로 펌을 한 남자가 실없이 웃으며 인사를 건넸다.

"잘 지내긴. 인사나 해. 이쪽은 홍수경."

"반가워용. 나 지석이 옛날 파트너 배창준입니다."

날이 선 듯한 차가운 인상의 여자는 작고 마른 덩치와 어
울리지 않는 공격적인 말투를 지니고 있었다. 대번에 폭언
을 퍼부었다.

"초짜에 재능도 없어 보이는데? 시간이 많나 보네, 이렇
게 낭비하는 거 보면."

여자의 매서운 눈빛과 말은 수경을 위축되게 만들기 충
분했다. 지석이 나서 분위기를 바꿔 보려고 했다.

"청첩장은 언제 줄 거야? 축의금은 안 내도 밥은 꼭 먹으
려고 하는데."

"미친놈. 우리가 결혼을 왜 하냐?"

이번에도 아프로 펌 남자가 말을 받았다.

"몇 년 일한 파트너 버리고 네 밑으로 갔잖아. 나는 둘이
결혼이라도 할 줄 알았지."

지석은 두 사람에게 단단히 삐쳐 있는 것처럼 연기했다.

마지못해 여자가 수경에게 악수를 청했다.

"홍수경이라고? 너, 미성년자지? 난 손지우야. 별건 없고, 나랑 게임 한 판 하고 나오면 돼."

"네, 잘 부탁드립니다."

손지우는 곧장 접속기를 쓰고 대체현실에 접속했다. 수경은 숨 돌릴 새도 없이 접속기를 써야 했다.

수경이 눈을 뜨자 밝은 체육관이 보였다. 눈앞에는 손지우가 있었다.

"너, 싸움은 해본 적 있어? 날 바닥에 다운시키면 네가 이기는 거야. 여기 잡아 봐."

손지우는 유도를 가르쳐주듯 자신의 소매와 가슴팍을 내밀며 다가왔다. 수경은 시키는 대로 옷깃을 잡으려 했지만 손지우의 몸 가까이 간 순간, 물속에라도 들어온 것처럼 팔에 힘이 들어가지 않고 동작은 한없이 느려졌다. 손지우는 조금도 봐줄 의사가 없는 듯했다. 재빨리 수경의 얼굴에 '퍽' 강한 펀치를 날렸다. 수경은 코에서부터 뒤통수까지가 한꺼번에 울렸다. 통증은 한 박자 늦게 느껴졌다. 그제야 수경은 이것이 게임이 아니라 진짜 싸움임을 알았다.

'이게 테스트 서버구나.' 수경은 자신이 현실에서는 물론이고 대체현실에서도 누군가를 때려 본 적 없다는 사실을 깨달았다. 주먹 쥐는 방법도 몰랐지만 손지우는 수경을 기다리지 않았다. 수경의 허벅지를 걷어차 주저앉혔고, 주저앉은 수경의 얼굴을 무릎으로 찍었다. 그때마다 수경은 발라당 뒤로 넘어졌다. 손지우의 동작이 너무 빨라 쓰러지고 나서야 맞았다는 것을 눈치챌 정도였다. 대체현실 세계에 무지한 수경이 느끼기에도 손지우는 엄청난 체커임이 분명했다.

"여기는 테스트 서버야. 뇌파 수용기가 제일 예민하게 열려 있으니까 맞고만 있기 싫으면 뭐라도 해. 어서!"

손지우는 수경의 머리통을 향해 몽둥이를 휘둘렀다. 수경은 살기 위해 몸을 굴렸고, 처음으로 공격을 피하는 데 성공했다. 그러고는 체육관 반대쪽 구석을 향해 무작정 도망치기 시작했다. 겨우 멀어지나 싶었지만 손지우는 금방 수경의 앞에 나타났다. 이번에는 야구 배트를 휘두르듯 수경의 복부를 힘껏 쳤다. 수경의 몸은 데굴데굴 굴러 벽면의 덤벨 거치대를 들이받고 멈췄다. 그 덕에 무거운 덤벨들이 사방으로 쏟아졌다. 수경이 다시 고개를 들었을 때는 봉을 든 손지우가 또 이쪽을 향해 걸어오고 있었다. 겁에 질린 수경은 아무 덤벨이나 집어던졌다.

"으아악! 오지 마!"

수경이 절규하며 던지는 덤벨을 손지우는 요리조리 가볍게 잘도 피했다. 작은 덤벨을 모조리 던져 이제 무거운 덤벨만 남았다. 무게를 그대로 재현하게 설정한지라 수경은 양손을 사용해도 덤벨 하나 제대로 들 수 없었다. 손지우는 안간힘을 쓰는 수경을 감상했다.

"둔한 애들도 이 정도 맞으면 뭔가 하던데, 넌 아무 재능도 없나 보다."

그 말에 수경의 양손이 떨리기 시작했다. 두렵고 당혹한
이 감정을 뭐라고 해야 할까? 그때였다. 수경은 처음으로
무엇인가 일상적이지 않은 감각을 느꼈다. 갑자기 손에 아
무 무게감도 안 느껴지더니 순식간에 덤벨을 들어 올렸다.
손지우도 약간 놀란 듯, 수경을 바라봤다.

"이야야얍!"

수경은 덤벨을 마구잡이로 손지우에게 던졌다. 한눈에
보기에도 무시무시한 30킬로그램짜리 덤벨이 자신의 머
리를 향해 날아왔지만 손지우는 눈도 깜빡하지 않았다. 수
경이 발휘한 힘을 시험해 보려는 심산 같았다. 덤벨은 손지
우의 이마에 닿는 순간 순식간에 사라졌다. 실제 덤벨은 여
전히 바닥에 널브러져 있었다. 수경이 던진 것은 무게도 촉
감도 없는 덤벨의 이미지일 뿐이었다. 수경은 힘이 빠졌다.
'환영이었을까.'

"아무것도 아니네. 이만 죽어라, 너."

손지우는 들고 있던 봉을 높이 치켜들고는 수경에게 달
려들었다. 그리고 수경의 머리를 향해 봉을 힘껏 휘둘렀다.

"엇?"

이상하게 허공을 가르는 느낌만이 전해졌다. 손지우는
테스트 서버에 들어와 처음으로 당황했다. 그사이 수경의
모습이 사라졌다. 재빨리 둘러보니 어느새 바닥에 등을 대
고는 쓰러진 채 손지우의 봉을 손으로 막고 있었다. 무슨 일

이 일어났는지는 수경도 손지우도 알 수 없었다. 공격을 저지한 수경은 누운 자세에서 손지우의 복부를 향해 발길질했다. 처음으로 손지우의 몸에 닿은 순간이었다. 그러나 이것으로는 손지우를 쓰러뜨리지도, 주춤거리게 만들지도 못했다. 손지우는 양손으로 봉을 잡고는 봉 끝으로 수경의 목을 힘껏 찔렀다.

아픔을 느낄 새도 없이 수경이 대체현실에서 깨어났다.

12

두 사람이 접속기를 벗고 일어났다.

"방금 무슨 일이 있었던 거야? 지우, 너 웬일로 한 대 맞았네."

"뭐, 하나도 위협 안 됐어."

하지만 손지우의 표정은 다른 말을 하고 있었다. 지석이 다시 물었다.

"그래도 마지막 순간에 뭔가 했잖아."

"굳이 말하면 애는 뭔가를 복제하는 재능이 있어. 근데 사람한테 닿으면 사라지는 가짜 이미지야. 여튼 돈 벌기는 글렀어."

손지우는 냉소적으로 굴었지만 지석은 희망이 있다고 생각했다. 가짜 이미지 생성이 수경의 재능이라면 지옥 서버에서도 충분히 쓸모 있어 보였기 때문이다.

"수경아, 이제부터 매일 여기 들러서 온종일 연습해. 실전에는 너도 같이 갈 거야."

수경은 놀란 것 같았지만 순순히 응했다.

"브로. 왜 갑자기 신참을 키우려는 건데? 너무 중요한 일이라 우리한테는 말 안 하는 거야?"

"사소한 일이어도 너희랑은 공유 안 해."

지석이 차갑게 말하고는 둘에게 질문을 던졌다.

"근데 하나만 묻자. 내가 뭘 할지 전부 예측하는 상대가 있다면 그놈이랑 너는 어떻게 싸울 거냐?"

배창준과 손지우는 지석의 난데없는 질문에 잠시 골몰하더니 의외로 명쾌하게 답했다.

"생각이란 걸 아예 안 하고 싸워야지. 격투기 선수들 보면 기절하고도 주먹을 휘두르잖아. 무의식중에도 그게 습관처럼 나와서."

별생각 없이 던진 손지우의 말이 지석의 머릿속에 계속 맴돌았다. '무의식.' 어쩌면 예언자의 허를 찌르는 것도 가능해 보였다. 하지만 그건 계획 없는 계획이란 말처럼 난센스였다.

다음 날에도 용섭과 지옥 서버의 배경으로 쓰인 게임 공략법을 찾아보다 지석은 어제의 대화를 떠올렸다. 그리고 그때는 생각하지 못했던 기발한 발상에 도달했다.

"사람이 최면을 받으면 무의식 상태가 되지?"

"뭐요? 최면? 무의식? 난 그런 거 몰라요, 형님."

어차피 용섭에게 물어보려는 게 아니었다.

"예전에 본 영상인데, 최면에 걸려 잠든 사람한테 새로운 기계 작동법을 수십 번 되풀이해서 설명해. 최면에서 깨어난 사람은 그동안 있었던 일을 전혀 기억하지 못하지만 몇 시간 뒤에 기계를 주니 자기도 모르게 능숙하게 작동했어. 우리가 이걸 하면 돼."

"뭘 그렇게 복잡하게……. 그걸 우리가 왜 해요?"

"예언자가 우리 머릿속에 생기는 작은 뇌파까지 읽는다면 우리 작전도 미리 다 간파할 거야. 그러니까 지옥에 침투한 뒤에는 아예 생각이란 걸 하면 안 돼. 무의식적으로 계획을 실행해 나가야 해. 작전을 미리 짜 두고 최면에 걸린 상태에서 각자가 할 일을 주입식으로 암기해서 가는 거지. 그러면 예언자를 최대한 오래 속일 수 있어."

지석이 마구 생각을 쏟으니 오히려 용섭이 제지했다.

"잠깐, 말이 좀 이상하지 않아요? 어쨌든 우리가 계획을 세운 거면 다 우리 머릿속에 있을 텐데, 그게 어떻게 안 읽혀요?"

"세 사람이 각기 다른 파트를 맡으면 돼. 너는 1단계 지옥, 나는 2단계 지옥. 3단계 지옥인 감옥에 들어가서는 나랑 너, 수경이가 층마다 나눠 계획을 세우는 거야. 그럼 우리 중 누구의 머릿속에도 완전한 하나의 계획은 없는 거잖아."

"으, 복잡하긴 하지만 말이 되는 것 같기도 하고. 저는 잘 모르겠으니 무조건 형님이 하자는 대로 할게요. 근데 최면을 또 어떻게 걸어야 할지……."

"그건 걱정하지 마. 최면술사를 소개해 줄 사람이 있으니까."

지석이 떠올린 건 전파 증폭기를 빌려줌으로써 1차 침입을 가능하게 한 차길영이었다. 그때 각종 약물을 취급하고 최면 치료도 하는 사람이 있다고 했다.

지석이 찾아갔을 때 차길영은 안쪽 시술실에서 작업 중이었다. 손님이 나가고서야 지석을 발견했지만 차길영은 놀라지 않은 눈치였다.

"증폭기 돌려주러 온 거예요? 아니면 손님으로?"

"둘 다 아니에요. 그때 말했던 최면술사를 소개받으러 왔어요."

"아하. 그런데 그분이 워낙 예민해서 아무나 손님으로 받진 않거든요. 용건을 잘 전달해야 만날 수 있어요."

차길영은 심드렁했다. 어차피 간절한 건 지석이었다.

"증폭기로 지옥 서버에 침투해 봤어요. 생각만큼 쉽지 않더라고요. 미로처럼 꼬여 있는 데다, 우리 작전을 다 꿰뚫는 괴물이 있었어요. 그놈을 공략하기 위해서는 최면 상태로 작전을 숙지해서 가야 해요."

지석의 설명을 다 들은 차길영은 의외의 말을 했다.

"거기 정말 수경이 엄마가 있던가요? 다른 사람들은요?"

"한 사람도 확인하지 못했어요."

"흠. 그런 실력으로 또 지옥 서버에 들어간다고 가망이 있을까나."

"이번에는 달라요. 지옥 서버 구조는 완벽하게 파악했어요. 아비치 게임즈 내부에 조력자도 있고요. 지옥 최상층에 모든 데이터를 포맷하는 장치가 있는데, 거기만 점거하면 원하는 걸 얻을 수 있어요."

차길영이 잠시 뜸을 들이더니 대답했다.

"알겠어요. 썩 신뢰는 안 가지만 얘기는 전달할게요."

솔직히 지석은 큰 기대를 하지 않았다. 그래서 차길영으로부터 전화가 왔을 때 이게 대체현실인지 현실인지 순간 착각했다. 현실이라는 걸 깨닫고는 곧장 차길영이 말한 건물로 달려갔다.

"도지석 씨. 최면술사를 만나기 전에 인사할 분들이 있어요."

지석이 답할 틈도 없이 열댓 명이 모습을 드러냈다. 서 있는 자세나 눈빛이 하나같이 수상했다. 장기 밀매라도 하려는 걸까 싶어 뒷걸음치지 않을 수 없었다.

"누, 누구예요, 당신들?"

"진정해요. 지석 씨를 응원하는 사람들이니까. 지금 지옥 서버에 가 있는 범죄자들의 가족이에요. 저처럼."

그러니까 지옥 서버의 피해자 모임인 셈이었다. 그제야 그들의 차림새가 왜 이토록 무시무시했는지 알 수 있었다. '지금 분위기에서 고개 들고 다닐 수 없겠지.'

"이분들이 저를 왜……."

"내가 도지석 씨 얘기를 꺼냈어요."

차길영의 말이 끝나자마자 한 명이 나와 지석에게 봉투를 건넸다. 묵직한 느낌만으로도 꽤 많은 액수임을 알 수 있었다. 증거가 남지 않아야 하는 돈이리라. 마스크를 쓴 그 사람은 지석의 손을 꼭 잡고 손가락 하나하나를 천천히 펼쳐 봉투를 손에 꼭 쥐어 주었다. 절대로 놓치지 말라는 당부 같았다. 마스크와 모자 사이에 드러난 눈을 보니 눈가에 거미줄처럼 미로 같은 주름이 진 할머니였다.

"받을 수 없어요. 제가 당신들 가족을 위해서 해 줄 건 없으니까. 지옥에 들어간 무고한 한 사람을 구해 주기로 약속했을 뿐이에요."

할머니는 아무 대답도 없이 무리 속으로 다시 들어갔다. 차길영이 돈을 돌려주려는 지석을 막았다.

"이게 의뢰비로 보여요? 당신한테 주는 거예요. 대가나 이유 없이."

"이유 없이요? 내가 뭘 잘했다고?"

지석은 이해가 가지 않는다는 듯 고개를 흔들고는 재차 말했다.

"저는 이 돈을 받을 수 없어요. 여러분의 가족을 구한다는 보장을 할 수는 없어요."

그 말에 차길영이 대신 나섰다.

"지석 씨는 백철승과 싸우는 유일한 사람이잖아요. 우리는 가족들 처지가 나아질 거란 기대는 안 해요. 그럴 권리도 없으니까. 그냥 조용히 힘을 보태고 싶을 뿐이에요."

차길영은 지석의 답을 듣지 않았다. 그러고는 이제 최면술사를 만날 차례라면서 멀리 벽면에 있는 나란히 놓인 두 개의 빈 나무 의자를 가리켰다. 지석도 일단 차길영의 말에 따르기로 했다. 무리로 나타난 사람들은 또 다 같이 모습을 감추었다.

지석이 의자에 앉자 '삐걱' 하는 불안한 소리가 났다. 옆을 돌아보니 누군가 자리에 있었다. 지석이 앉는 순간 최면술사가 소리도 없이 나타난 것이다. 지석은 그의 옆얼굴에 할 말을 잃었다. 긴 머리와 아담한 이목구비는 여자처럼 보였지만 코 밑과 턱에는 긴 수염이 있었다. 목젖도 있지만 불룩한 가슴도 있다. 성전환자라고 해도 원래 성별이 보이는 법인데 남자에서 여자로 바뀌는 중인지, 아니면 여자에서 남자로 바뀌는 중인지 도통 구분할 수 없었다. 어쩌면 원래부터 이런 모습으로 태어난 사람일지도 모르겠다고 생각했다. 벌써부터 최면에 걸린 기분이었다.

"대체현실 환각을 걸어 준다는 최면술사님이시죠?"

"더 정확하게는 약물 전문가야. 한 알 먹고 대체현실에 들어가면 맛과 향을 두 배로 풍부하게 느끼게 하는 알약도 있고, 지정된 시간 동안은 절대 깨어나지 않게 만드는 가스도 인기 좋아. 깬 것보다 잠든 게 더 좋은 시대잖아."

답하는 목소리는 남자였다.

"지옥 서버에 쳐들어간다고? 어떤 계획인지 말해 볼까?"

최면술사의 말에 지석이 정신을 가다듬고 답했다.

"예언자라는 체커를 속이기 위해 저희의 무의식에 계획을 숨기고 들어갈 거예요. 모두 세 사람이 세 파트의 시나리오를 각각 짜서 올 테니 우리가 최면에 걸려 있는 동안에 그걸 주입시켜 주세요. 우리 중 누구도 큰 그림을 모르는 채로 들어가고 싶어요."

지석의 황당한 말에도 최면술사는 동요하지 않았다. 오히려 지석에게 흥미를 느끼고 있는 것처럼 보였다.

"각자가 그린 시나리오가 완벽할 거라고 확신하는 건가?"

"전체 시나리오를 아는 사람은 최면술사님밖에 없겠죠. 다 살펴보고 말이 된다고 생각하면 의뢰를 받아 주세요."

"무리야. 난 예언자도, 지옥 서버도 모르거든."

"완벽할 필요는 없어요. 5퍼센트의 가능성만 있어도 우린 도박을 걸 거예요. 무고한 사람이 지옥에서 실험용으로 희생되는 걸 막아야 해요."

"너는 무엇을 위해서 이 싸움에 뛰어든 거야? 네 자신이 정의롭다고 생각해서?"

"전 정의가 뭔지 몰라요. 근데 역겨운 건 못 참겠어요. 지옥 서버는 역겨워요. 백철승은 누굴 심판할 만한 인간이 아니에요. 고통을 주는 데 집착하는 놈일 뿐이지. 우리 중 누구한테도 그런 걸 만들 자격은 없어요."

거기까지 말한 지석이 숨을 돌리곤 한마디 덧붙였다.

"어떻게 인간이 인간을 심판할 수 있죠? 무슨 자격으로? 우리가 벌을 주는 건 죄이지, 사람이 아니잖아요."

"시나리오가 완성되면 연락해."

최면술사는 예상보다 흔쾌히 제안을 수락했다. 지석은 그 점이 오히려 마음에 걸려 그를 한 번 더 붙잡았다.

"왜 저를 돕는 거죠? 지옥 서버가 못마땅해서?"

그러자 자리에서 일어난 최면술사가 잠시 지석을 굽어봤다. 그가 이상하리만치 큰 키를 지녔다는 것이 새삼 지석의 가슴을 서늘하게 만들었다.

"난 지옥 서버가 멍청해 보여. 악인이 영생을 부여받을 때 진짜 지옥에 살게 되는 건 어느 쪽일까?"

최면술사는 알 수 없는 말을 남기고 느린 걸음으로 멀어졌다.

13

지석, 용섭, 수경은 본격적으로 지옥 서버 공략을 위한 준비에 들어갔다. 용섭은 첫 번째 지옥인 서양풍 지옥과 세 번째 지옥인 감옥 본체 1층을 맡았다. 지석은 두 번째 지옥인 동양풍 지옥과 감옥 본체 2층을 맡았다. 마지막으로 수경은 감옥 3층과 4층을 맡았다. 각자 자신이 맡은 구역을 최단 시간에, 최단 루트로 통과할 길을 찾기로 했다. 여기에는 하나의 원칙이 있었다. 각자의 계획을 절대 발설하지 않기. 당연히 의식에 남기지 않기 위해서였다. 물론 어느 단계를 지나면 예언자는 반드시 지석 일행의 계획을 알아차려 포맷 장치를 빼앗기는 미래를 보게 될 것이다. 그 타이밍을 최대한 늦추는 게 목표였다.

첫 침투 때를 돌아보면 예언자에게 빈틈이 없지도 않았다. 예언자는 귀신같이 그들의 위치를 알아내고 지석과 용섭의 숨통을 끊었다. 하지만 단 한 번, 용섭의 공격을 정통으로 맞은 순간이 있었다. 그와 같은 즉흥적인 상황은 미래를 보는 예언자도 대응하지 못한다는 뜻이었다. 지석은 빠른 속도로 1, 2단계 지옥을 통과한 뒤에 3단계 지옥인 감옥 2층에서 그를 따돌린다는 최선의 그림을 그리고 있었다.

용섭이 1단계 지옥인 '정글' 돌파 시나리오를 짜는 데는 오랜 시간이 걸리지 않았다. 원전으로 삼은 게임은 여럿이었지만 전부 유명한 것들이라 자료도 많았을뿐더러 고전에 속해 돌파 방법이 생각보다 단순했다. 주어진 길을 따라가다 보면 걷는 속도보다 빠르게 정글이 넓어지는, 짓궂은 함정이었다. 초보자들은 정방향으로만 게임을 진행하다 끝나지 않는 미로에 빠져 좌절했다. 공략법은 길이 아닌 방향으로 나서서 울창한 숲을 파괴해 가면서 직선으로 돌파하는데 있었다. 물론 이 과정에서도 수많은 몬스터와 함정이 도사리고 있지만 매뉴얼에서 크게 어긋나지 않을 것이었다.

2단계 지옥인 동양풍 지옥은 '사원'으로 불리는데, 최종 보스는 나찰귀였다. 강철처럼 단단한 피부를 지녀 물리적인 공격만으로 승부를 보려면 반나절 넘게 싸워야 했다. 그래서 전략가마다 공략법이 달랐다. 지석이 일일이 분석하고 내린 결론은 나찰귀를 해자가 있는 곳까지 유인해 물에 빠트려 죽이는 것이었다. 해자의 물은 모든 물질을 녹이는 용해액이기 때문이었다.

가장 문제가 되는 것은 역시나 3단계이자 진짜 지옥인 감옥이었다. 지옥 서버를 만든 아비치 게임즈의 오리지널 설계라 다른 게이머들의 공략을 참고할 수도 없었다. 성태우가 보낸 자료를 보니 감옥 2층은 기괴한 미로였다. 첫 침투 때에는 미처 알아차리지 못했는데, 철창으로 된 각각의 방에는 벽과 구분되지 않는 작은 문이 있었다. 성태우의 말에 따르면 그 문을 통해 전혀 다른 방으로 나올 수 있다. 가령 서쪽 계단 바로 옆에 있는 수감실로 들어가면 반대편 동쪽 구석의 수감실로 나왔다. 얄궂게도 이 통로에는 직관적인 규칙성이 없어 모든 경우의 수를 외울 수밖에 없었다. 한마디로 예언자와의 연산 싸움에서 이겨야 했다. 정직하게 싸운다면 지석 일행이 이길 가능성은 제로에 가까웠다.

지석은 포기하지 않았다. 일단 각 입구와 출구가 자세히 표시된 감옥 지도를 보며 2층으로 올라오는 계단에서부터 3층으로 통하는 계단까지의 수십 가지 루트를 찾았다. '어떤 길도 예언자에게 간파당한다.' 이 전제를 머릿속에 각인하고는 허를 찌를 계획을 세워야만 했다. 물론 그 계획조차 예언자가 꿰뚫어 볼 거라는 계산까지 해야 했다. 깊이 생각할수록 함정에 휘말리는 것 같아 불길했다.

여기에 수경은 가짜 이미지를 만들어 내는 능력을 마스터해야 한다는 미션도 수행해야 했다. 수경의 일과는 시나리오 짜기와 대체현실에 접속해 이미지 복제 능력 키우기, 이 둘로도 모자랐다. 수경은 작은 물건에서부터 자신의 몸까지는 복제해 냈지만 아직 질량을 담지는 못했다. 잠시 혼동을 줄 뿐 결정적인 공격을 펼치기에는 역부족이었다. 누구보다 수경이 잘 알고 있었고, 누구보다 용섭이 수경을 잘

도왔다. 늘 무표정인 수경의 얼굴에 잠시 웃음 비슷한 표정이 스칠 만큼 수경은 용섭을 의지해 보여 지석은 내심 안도했다.

겉보기에 세상은 평화롭고, 또 정의로워 보였다. 백철승은 초반에는 지옥 서버의 충격적인 모습으로 이목을 끌었지만 몇 달이 지난 지금에는 자극적인 영상을 자제하고 '피해자 구제'라는 스토리텔링에 집중했다. 아비치 게임즈는 범죄 피해자 가족들을 위한 기금을 조성했다. 또 범죄자들 영상도 고통보다는 반성에 초점을 맞추었다. 새로 올라온 영상에서 완영순은 꽤 전향적인 태도로, 지금까지와는 다른 이야기를 꺼냈다. 오만한 눈빛은 오간 데 없고 공손히 무릎을 꿇은 채 정말로 참회한 것처럼 진지한 표정이었다.

"저 때문에 희생된 스물한 분의 피해자들. 그리고 유가족분들께 진심으로 사죄드립니다. 이곳에 있는 동안 돌이켜 보니 저는 사람이 아니었습니다. 남을 해칠 줄밖에 모르는 짐승이었습니다. 전 여기서 고통받아도 싼 인간입니다. 피해자들 중에 형편이 어려워 인공 사후세계에 못 들어가신 분들도 있습니다. 이분들 뇌가 얼마 후면 폐기 처분될 위기라고 합니다. 여러분이 성금을 보내 주시면 피해자분들을 구제하는 데 쓴다고 하니 제발 도와주십쇼."

이 영상에 가장 추천이 많은 댓글은 이거였다.

'대본 읽는 것처럼 빤한 연기하고 자빠졌네. 반성의 기미

가 보일 때까지 더 처벌해야 정신 차린다.'

일부는 이제야 사람이 되어 간다며 응원을 보냈다. 자신을 변호하기에 바빴던 범죄자들이 처음으로 피해자의 마음에 공감하고 유가족에게 사과하는 모습은, 설사 그것이 고통에 의한 것일지라도 약간이나마 감동을 선사했다. 백철승은 여전히 대중의 머리 꼭대기에서 놀았다. 지옥 서버의 폭력성에 대해 간간이 우려를 표하던 언론들도 이제는 프로파일러와 사회학자를 동원해 지옥 서버의 범죄 예방 효과를 칭송했다.

성태우가 말한 데드라인을 3일 앞둔 날이었다.

"형님, 형님! 이, 이게 뭐죠? 이상한 게 왔어요!"

용섭이 호들갑을 떨며 핸드폰을 내밀었다. 익명의 번호가 보낸 메시지였다.

'홍수경의 어머니인 민혜주는 법원의 확정판결을 받은 범죄자임을 밝힙니다. 민혜주는 오랜 시간 자신을 도와준 은인 같은 사람을 잔혹하게 살해했습니다. 또 이감 도중 자살했습니다. 아래 판결문 일부를 첨부합니다.'

메시지의 내용이 너무 당혹스러워 둘은 한동안 아무런 말도 못 했다.

똑같은 메시지가 지석의 핸드폰에도 와 있었다. 징역 25년형을 내린다는 판결문은 진짜 같았다. 누가 보낸 메시지인지는 빤했다.

"이게 사실이면 그동안 수경이가 우리한테 거짓말한 거 잖아요. 누구 때문에 이 일에 뛰어들었는데?"

늘 웃던 용섭이었지만 이번에는 단단히 화가 난 듯했다. 당황한 건 마찬가지였지만 그럴수록 지석은 침착해야 했다.

"수경이한테 연락해 봤어?"

"아까 했는데 안 받았어요. 핸드폰 꺼져 있던데."

안 좋은 예감이 밀려왔다. 지석은 성태우에게 연락했다. 그는 이미 아는 듯한 눈치였다.

"백철승이나 서문담, 둘 중 하나가 보낸 게 분명해요. 팀을 붕괴시키기 위해서겠죠."

"알고 있었어요? 그런데 왜 말하지 않았어요?"

이런 상황에서도 성태우는 차분했다.

"그날 홍수경 씨의 반응을 보고 확신했어요. 어머니 일을 제대로 모르고 있구나 하고요. 중요한 일을 앞두고 흔들리게 하고 싶지 않았을 뿐이에요."

"흔들리게 하고 싶지 않았다고요? 덕분에 연락도 안 받고 행방도 모르게 됐다고요! 차라리 미리 말했으면 잘 얘기해 봤을 거잖아요!"

지석은 괜한 화풀이를 했다. 하지만 감정은 뒤로 하고 일단 이 사건에 대해 알아볼 필요가 있었다. 법무부 공개 자료만으로도 진상을 어느 정도 파악할 수 있었다. 자살에 관한 기사도 있었다. 중년의 여성 수감자가 이감 중 빼돌린 작은 끈으로 스스로 목을 조른 사건이었다. 몸의 피가 반은 빠져나간 것처럼 어지럽고 멍해졌다.

"형님, 수경이 핸드폰 아직도 꺼져 있는데요. 근데 연락할 방법이 없어요. 이거 다 가짜겠죠? 전 안 믿을래요. 형님? 형님? 제 말 들려요?"

용섭은 거의 울 듯했다.

"용섭아, 사무실 잘 지키고 있어. 수경이 연락 닿으면 나한테 꼭 알려 주고."

"네? 어, 어디 가요, 형님?"

지석은 이 상황을 이해하고 싶었지만 제대로 정리할 수조차 없었다.

'무고한 사람이 지옥 서버에 갇혀 있다!'

이 한마디가 지석이 지난 두 달 동안 벌인 모든 일의 근간이었다. 여기 근거해 지석은 백철승과 아비치 게임즈에 대한 적개심을 키웠다. 정말로 민혜주가 살인범이라면 모든 전제가 무너지는 셈이었다.

지석은 무작정 민혜주 사건 담당 법무법인을 찾아갔다. 법무법인이라는 이름이 무색하게 허름한 변호사 사무실이었다. 하지만 사건 관계자도 아니면서 자초지종을 캐묻는 지석이 환영받을 리 없었다. 문전박대나 다름없는 대접을 받으며 쫓겨 나왔다.

사무실에 와 보니 웬일로 용섭이 남아 있었다. 수경에게 연락이 왔는지 물으려다 말았다.

"밥이나 먹고 갈래?"

지석은 용섭을 데리고 식당으로 들어갔다. 용섭은 지석도 주문 안 한 술을 주문하더니 지석에게 한 잔 주고, 자신도 한 잔 따랐다.

"마시지도 못하는 술을 왜?"

"혼란스러워요. 형님, 제가 정말 어린놈일까요? 백철승 대표는 훌륭한 사람이라 좋아했고, 수경이는 나처럼 짠해서 좋아했어요. 근데 둘 다 오해였으면 저는 어떻게 해요?"

"수경이 엄마가 살인범이라 지옥 서버에 갇힌 게 확실하다면 의뢰는 무효야. 나는 수경이한테 의뢰비를 돌려줄 거고, 우린 다시 원래대로 살면 돼."

그렇게 말하고 지석은 남은 술을 단번에 털어 넣었다.

"그런데, 용섭아. 수경이 엄마가 살인범이 아니면 말이야. 그게 오해였다면 수경이가 돌아오든 아니든 우린 지옥 서버에 침투할 거야. 의뢰비를 받았으니까. 수경이를 다시 보든 안 보든."

"에이 씨. 사람이 왜 이렇게 매정해요."

"네가 더 이상해. 두 달 전만 해도 알지도 못하는 애였어."

둘은 말 한마디 없이 식사를 마쳤다. 다행히 용섭의 식욕은 그대로였다. 용섭은 계속 술을 마셨지만 지석은 내버려두었다. 결국 용섭은 혼자 취하고 말았다. 지석이 계산을 마치고 나와 보니 가게 앞에 주저앉은 용섭이 보였다. 술잔을 뺏었어야 했나, 지석은 뒤늦게 후회했다.

14

날이 밝자 지석은 어제 들른 법무법인에 다시 연락했다. 민혜주 사건에 대해 더 이상 묻지 않을 테니 사건을 의뢰한 사람만 알려 달라고 거듭 부탁했다. 한숨을 푹푹 내쉬던 변호사는 '비밀 엄수'를 거듭 강조하며 민혜주의 동생인 민혜승의 연락처를 알려 주었다. 지석이 사라진 수경의 이야기를 조금 과장하여 이야기한 게 먹혔다. 동생 민혜승이 딸을 대신하여 변호사를 선임한 것이리라. 지석은 오늘이 마지노선이라는 심경으로 조금만 더 알아보기로 했다.

일단은 민혜승에게 연락부터 했다. 민혜승은 다 끝난 일이라며 서둘러 대화를 마치려고 했다. 지석이 다급하게 수경의 일 때문이라고 하자 겨우 태도를 누그러뜨렸다. 지석은 무조건 만나서 이야기해야 한다며 민혜승을 설득했다. 그로부터 몇 시간 뒤, 지석은 민혜승이 일하고 있는 세차장에 도착할 수 있었다. 민혜승이 이곳의 유일한 인간 직원인 듯, 다른 사람들은 낌새조차 보이지 않았다. 지석의 엄마처럼 기계보다 싼 값으로 일할 것이다.

"나 일손 못 놓으니까 간단하게 얘기해요."

민혜승은 지석에게 눈길 한 번 주지 않고 말했다. 피는 못 속이는지, 시큰둥한 표정이 수경과 닮았다.

"본론만 말하겠습니다. 수경이 엄마 민혜주 씨말입니다. 정말 살인을 저지른 게 맞나요?"

지석의 물음에 민혜승은 짐짓 주춤했다.

"법원에서 안 죽인 걸 죽였다고 했게요?"

목소리는 여전히 퉁명스러웠다.

"사실이군요. 그런데 수경이는 왜 엄마 일을 몰랐나요?"

"내가 안 알려 줬어요. 걔는 서울 살고, 언니랑 나는 지방에서 일하고 있었으니까. 얼굴도 두어 달에 한 번이나 봤다고요. 주말이나 휴일에 일하면 돈을 더 받으니까 학교 다니는 수경이랑은 시간이 안 맞았던 거죠. 구치소에 몇 달 들어가 있어도 수경이는 몰랐을 거예요. 사는 게 고달파도 애는 애잖아요."

"아무리 그래도 하나뿐인 엄마잖아요."

지석의 말에 민혜승이 짧지만 깊은 한숨을 쉬었다.

"일할 데가 없어서 떠돌았으니까. 우리도 짧으면 며칠, 길어도 몇 달 못 일했어요. 당장 내일 어디로 가서 무슨 일을 하는지 모른 채 사람이 필요하다면 무조건 갔죠. 언니랑 나랑도 늘 같이 있었던 게 아니에요. 그러다 보면 떳떳하지 못한 일도 하게 되는데, 그럼 학교 다니는 애를 어째요? 내가

172

개 충격받을까 봐 지 엄마 그렇게 된 거 말 안 했어요. 잘한 일 같아요. 그냥 엄마 자살했다고만 한 거."

말을 마친 민혜승은 들고 있던 청소 솔을 내팽개치며 세상이 다 들으라는 듯 큰소리로 외쳤다.

"개 같은 세상! 나도 마음 같아서는 아주. 그때 생각하면 암세포가 다시 자라날 것 같아."

그러고는 나지막이 덧붙였다.

"결국에는 수경이도 알게 된 건가요?"

"아는 것 같아요. 연락 두절이에요."

그렇게 말하면서도 수경이 없어진 데는 일부 자신의 책임도 있는 듯해 가슴이 먹먹해졌다.

"자료들은 아직 갖고 있으니까 가져가고 싶으면 가져가요. 기왕 알게 된 거 수경이한테도 한 글자도 빼놓지 말고 알려 줘요."

그렇게 지석은 얼떨결에 자료를 건네받았다. 거기에는 판결문 전문이 실려 있었다.

지석은 다시 바이크 시동을 걸었다. 동시에 판결문 파일을 음성으로 플레이했다. 법원 판결문인 걸 인식한 AI가 분명하지만 감정이 드러나지 않는 목소리로 판결문을 읽어 나갔다.

도천대로로 돌아오는 길에 지석은 심장이 울렁거려 몇 번이나 바이크를 멈출 뻔했다. 민혜주가 어떤 사람이었는지가 그려지자 판단은 점점 확고해졌다. 그리고 덜컥 걱정됐다. 수경이 사라진 지 벌써 이틀째였다. 길지 않은 시간이었지만 수경은 뻔뻔하게 주변의 연락을 끊고 도망쳐 살 위인 같지는 않았다.

'세상에 미련을 안 가질 것 같단 말이야.'

지석은 스멀스멀 올라오는 나쁜 예감을 자꾸 억눌렀다. 꼭 수경을 만나야 했다. 그렇게 늦은 오후부터 시작된 수색은 밥을 먹는 것도, 용섭에게 연락하는 것도 건너뛰었지만 자정이 넘어서까지 계속되었다. 결국 바이크는 방전 위험을 알리고는 스스로 운행을 종료해 버렸다. 이제 지석은 터덜터덜 걸었다. 걷다 보니 수경이 살던 원룸텔 건물 앞이었다. 지석은 무심코 위를 올려다봤다. 수경이 짐을 뺀 상황이니 이곳에서 수경을 발견하길 기대한다는 건 미련한 짓일 거다. 그래도 발길을 멈출 수 없었다.

그때였다. 지석의 시야에 수경이 들어왔다. 원룸텔 건물 창가에서 밖을 내다보고 있었다. 수경을 발견한 지석은 즉시 계단을 올랐다.

"홍수경, 여기서 지금 뭘 하고 있었어?"

지석은 가쁜 숨을 고르며 계단에 걸터앉았다. 숨도 돌릴 겸 수경의 퇴로를 막으려는 의도였다. 하지만 내내 울기만 했던 건지 얼굴이 퉁퉁 부은 수경에게는 도망갈 힘도 없어 보였다.

"죄송해요."

"뭐가 죄송해. 나 알고 있어. 너도 모르고 있었다는 거."

"아니에요. 제가 사장님을 속였어요. 엄마가 죽기 전에 안 좋은 데 들어갔다고 짐작은 했었어요. 이모는 별일 아니라고 했지만 핸드폰도 끊기고, 모든 게 평소랑은 너무 달랐으니까. 그래도 이런 건 줄은 몰랐어요. 정말이에요. 무서워서 더 알아보지 못했어요. 정말 죄송합니다."

수경의 얼굴에 이렇게 다양한 표정이 있었던가. 울먹이며 말하는 통에 몇 마디를 하는 데 한참이 걸렸다. 그사이 수경의 얼굴에는 미안함, 죄책감, 안타까움, 억울함 등 여러 감정이 보였다. 수경의 말이 끝나자 지석이 물었다.

"그래서, 넌 결론이 뭔데?"

"그만둘게요. 의뢰비는 돌려주실 필요 없어요."

"너, 무슨 사건인지 다 알아봤어? 엄마가 범죄를 저질렀다는 사실 하나 때문에 진실을 밝히는 일을 그만두겠다는 거야?"

"저희 엄마가 범죄자라면 명분이 없어요."

"그래, 알겠어. 그 전에 우리 뭘 좀 먹자."

근처 카페로 간 지석은 라떼 두 잔과 도넛을 주문했다. 수경은 말없이 먹기만 했다. 도넛이 맛있었다기보다는 아무 말도 하고 싶지 않아서인 듯했다. 그래도 잘 먹는 수경을 보니 지석도 내심 마음이 놓였다.

"이모한테 사건 기록 받았어. 너도 알아야 해. 그래, 민혜주 씨는 사람을 죽였어. 대상은 자신이 속한 인력 파견 회사 사장. 두 사람의 관계는……."

"……."

"사장은 주변에 사귀는 사이였다고 말하고 다녔대. 너희 엄마 말은 달라. 사장이 일자리를 준다고 시도 때도 없이 불러내 온몸을 만졌다고 진술했대. 그 수위가 점점 심해지더니 싫다고 하면 폭력까지 휘둘렀다면서. 엄마 몸에 손바닥만 한 것부터 아주 작은 것까지 수십 개의 피멍이 있었고. 그렇지만 저항할 수는 없었던 거지. 당연히 한 번도 일자리를 소개해 준 적은 없었고. 하지만 다른 사장들에게 말해서 엄마 일자리를 뺏을 수는 있었겠지. 비슷한 전과가 두 번 있었으니."

"……."

"그러다 어느 날부터 딸 사진을 보자고 하고, 딸 주소를 집요하게 물었대. 그대로 이야기할게. '같은 술도 어린애가 따라 주면 더 맛있다고.' 그날이야. 엄마가 사무실에서 실랑이하다 사장을 죽인 날이."

말하기 힘든 이야기라 지석은 몇 번이나 나누어 이야기해야 했지만 수경은 미동도 하지 않고 꾸역꾸역 도넛을 먹었다.

수경의 엄마 민혜주는 경계선 지능 장애를 가진 사람이었다. 사회 적응이 어려웠지만 법적 보호를 받지는 못했다. 변호인은 이 점을 집중적으로 어필했으나 통하지 않았다.

사실 이 사건이 단일살인치고 연쇄살인에 준하게 높은 형량을 선고받은 데는 범죄의 잔혹성이 크게 작용했다. 민혜주는 사무실 공구함에 있던 몽키 스패너로 사장의 머리를 비롯해 온몸을 수십 차례 쳤다. 바닥을 기어 도망치려던 사장의 목을 전선으로 졸라 숨통을 끊었다. 그러고 나서도 시체가 갈기갈기 찢길 때까지 가해했다. 사인은 질식이었지만 구타만으로도 충분히 사망할 정도로 잔혹했다. 담당 판사는 '인간이 상상도 못 할 극악무도한 행위'라고 했다.

"엄마가 꾸준히 일했다는 이유로 장애로 인한 감형은 기각되었어. 하지만 난 이해할 수 있을 것 같아. 엄마는 두려웠던 거 아닐까? 사장을 잔혹하게 살해한 건 두려움이 그만큼 컸기 때문이지. 사장이 깨어나서 딸을 해코지할 수도 있다고 말이야. 어린아이도 그건 알아."

지석은 수경의 어깨를 단단히 붙잡으며 물었다.

"너희 엄마는 사람을 죽였어. 그건 누구도 부정하지 못해. 하지만 그런 새끼는 죽어도 싸다 싶은데 그렇게 생각하는 내가 이상한가? 백철승 기준으로는 살아서는 온갖 나쁜 짓을 했어도 죽임당했으면 피해자라는 이름으로 안락한 사후 세계로 가고, 너희 엄마 같은 사람은 지옥에 가야 하나 봐. 이게 맞는 거야?"

"그게 맞아요."

지석은 귀를 의심했다. 눈이 붉게 충혈된 수경은 억지로 담대한 표정을 짓고 있었다.

"그게 맞다고요. 엄마는 살인자니까."

수경은 아직 뜨거운 라떼를 벌컥벌컥 들이켰다.

"그러니까 그만둘게요."

이번에는 지석이 할 말을 잃었다. 수경은 단호했다. 지석도 더는 설득할 도리가 없었다.

"우리는 계속할 거야. 네 의뢰와 상관없이 지옥 서버에 들어가서 작전을 완수할 거야. 그러니까 그만두더라도 너한테 맡긴 감옥 공략법은 우리한테 주고 그만둬."

지석의 말에 수경이 꼬깃꼬깃한 봉투를 꺼냈다. 종이에 손으로 쓴 모양이었다.

"손글씨라. 좋은 생각이네. 그런데 이제 어떻게 할 거야? 이상한 생각은 하지도 말아."

"사장님 만나기 전에도 살아왔어요. 걱정하지 마세요."

15

수경은 돌아오지 않았다. 엄청나게 화를 냈으면서도 용섭은 못내 아쉬운 눈치였다. 지석은 용섭에게 수경의 얘기를 있는 그대로 전하지는 않았다.

"사실 어제 새벽에 수경이 만났어. 돌아오라고 설득도 했어. 근데 더는 같이 못 하겠다고 하더라."

"아, 아니 안 온다고요? 정말이에요?"

"시간이 좀 필요할 거야. 나중에 연락해 봐."

지석은 쓸쓸한 미소를 지었다.

"형님, 그건 다 뻥이죠? 수경이 엄마가 살인범이었다고."

"분명한 건 수경이 엄마는 그런 데 들어갈 사람이 아니라는 거야. 난 확신해."

"그럴 줄 알았다니까요. 근데 왜 잠수를 타는 거예요?"

지석이 자신이 무엇을 선택했는지 이야기할 때였다.

"걔 선택과는 관계없이 나는 끝까지 갈 거야. 감옥 5층을 점거하고, 언론에 공표 안 된 무고한 실험체들을 풀어 주라고 할 거야. 동의하면 같이 하고, 아니면 나 혼자 할게."

지석의 말이 끝나자마자 용섭은 기다렸다는 듯이 대꾸했다.

"아, 어떻게 형님 혼자 하게 돼요. 당연히 함께해야죠. 백철승, 이 재수 없는 새끼……."

뜻밖의 반응에 지석이 어리둥절한 표정으로 용섭을 바라봤다.

"어라? 너 백철승 지지자잖아?"

핀잔을 들은 용섭이 머쓱한 표정을 짓더니 말했다.

"그건 뭐. 처음에야 그랬죠. 다시 생각하니 야비하잖아요. 죄 없는 사람을 모함하질 않나. 대체 담이 누나는 왜 그런 사람을 만나는지 모르겠어요. 너무 순진해서 그랬을 거야."

지석은 주머니 안에 있는 수경이 준 봉투를 만지작댔다. 내용이 궁금했지만 확인할 수는 없었다. 어쨌든 용섭이 합류한다는 건 지석에게는 너무나 다행인 일이었다. 그 이상은 생각하지 않기로 했다.

"수경이가 못 가게 됐으니까 공략법에서 수정할 부분이 있으면 수정해 줘."

"딱히 없어요. 걘 초짜니까 잘 따라오기만 하면 된다고 생각해서."

"나도 그래. 그럼 이 시나리오 그대로 가자."

시간이 없다. 지석은 곧장 최면술사와 약속을 잡았다.

최면술사를 만나러 건물로 들어간 순간부터 용섭은 연신 과장된 감탄사를 내뱉었다.

"이거 동굴 탐사 같네요. 완전 첩보물 같아요."

휑한 공간에 용섭의 목소리만 메아리치는 바람에 지석은 괜히 부끄러워졌다. 마침내 약속 장소에 도착하자 미리 와 있던 두 사람이 보였다. 차길영과, 놀랍게도 나머지 한 명은 수경이었다. 쭈뼛거리는 수경을 대신하여 차길영이 입을 열었다.

"둘보단 셋이 나을 것 같아서 제가 설득 좀 했어요."

지석은 묻지 않기로 했다.

"우리는 한 팀인데 당연히 그래야지."

용섭은 수경을 와락 껴안으며 진심으로 기뻐했다. 지석도 마음이 놓였다.

"사장님이 작전은 끝까지 진행한다고 하셔서요. 저도 제 몫은 하고 가려고……."

"잘 생각했어. 다른 일은 잊고 엄마만 생각하자. 내일 꼭 편히 보내드리자."

"알겠어요."

수경은 단단히 결심한 듯 입술을 깨물었다.

주차장 중앙에는 처음 보는 커다란 캠핑카가 주차되어 있었다. 캠핑카가 갑자기 전조등을 비추는 바람에 지석 일행은 황급히 고개를 돌리며 손으로 눈을 가려야 했다. 최면술사라는 이름만큼이나 요란한 환대였다. 세 사람은 캠핑

카 뒷좌석에 올랐다.

내부에는 좁은 소파 하나와 2층짜리 간이침대가 있었다. 세 사람이 최면을 받기에 참으로 적절한 구조였다. 최면술사는 작은 의자에 기다란 몸을 구겨 올린 채로 일행을 맞이했다.

"준비는 다 해 왔겠지?"

지석은 봉투 세 개를 꺼냈다. 종이로 출력하고는 따로따로 봉했다. 최면술사는 봉투를 하나씩 열었다.

"근데 저분은 남자예요, 여자예요?"

용섭의 눈치 없는 귀엣말에 지석은 난처해졌다. 용섭은 최면술사에게 다 들리도록 부주의하게 떠들어댔다. 또 이리저리 차 안을 살피는가 하면 밖으로 나와 있는 약품 통을 하나하나 들어 올려 자세히 들여다보기도 했다.

"이야, 신기한 게 엄청 많아요. 이게 말로만 듣던 대체현실 마약일까요? 이런 건 대체 어디서 파나 궁금했는데 저런 사람이 파는 거였네요. 형님도 신기하죠?"

"우리 물건 아니니까 내버려둬."

지석은 점점 난감해졌다. 다행히 최면술사가 시나리오를 읽는 속도가 빨라 용섭을 막을 수 있었다. 시나리오를 모두 검토한 최면술사는 흥미롭다는 듯 미소를 지었다.

"흥미롭네. 어쩌면 해볼 만한 게임이겠어."

최면술사는 분명 '어쩌면'이라는 단서를 달았지만, 이미 지석에게는 그 말이 들리지 않았다. 당연히 지석도 용섭과 수경이 짠 전략이 뛰어날 것이라고는 믿지 않았다. 다만 자신이 담당한 감옥 2층에서 반드시 예언자를 따돌릴 작정이었으므로, 이후의 전략이 다소 허술해도 임기응변으로 해결 가능하리라는 판단이 들었다. 근거가 없는 것도 아니었다. 수경이 담당하는 감옥 3층과 4층은 의외로 단순한 구조다. 죄수를 가둔다는 본연의 목표에 충실한 곳이라 미로처럼 길을 꼬아 놓지도 않았다. 다음 층으로 오르는 계단에도 장애물이 없었다. 실수만 하지 않는다면 돌파할 수 있으리라.

세 사람은 각자 자리를 잡고 누웠다. 그사이 최면술사가 세팅을 시작했다. 간신히 눈코입만 가리는 작은 방독면을 쓰고는 특수 처리된 약품을 깡통에 넣었다. 곧 옅은 향초 냄새가 올라왔다. 꼭 필요한 과정인지는 알 수 없었지만 집시풍 음악도 플레이하고는 몸을 들썩였다. 공기가 탁해진 것 같다는 느낌이 든 순간, 지석은 잠의 심연에 빠졌다.

"이건 아무리 얻어맞아도 안 깨는 지속 약물이야. 어떤 주사는 마취도 깨운다지만 이게 더 강력하지. 이제부턴 내 몫이니까 너희는 누워서 숙면이나 취해."

지석은 대학 강의실에 있었다. 교수의 강의를 듣는 사람은 없고, 저마다 게임을 하거나 졸고 있었다. 모든 걸 로봇이 대신해도 교육만은 인간이 가르쳐야 한다는 신념이 아직 통용되던 시기였다. 지석은 나란히 앉은 희진과 눈을 맞추고 있었다. 이토록 생생하지만 6년 후에 죽음을 맞이할, 그래서 인공 사후세계인 뉴랜드에 들어갈, 그리고 '인공'의 삶을 거부함으로써 지석과 영영 이별하게 될 지석의 연인 이다. 최면 상태에서도 지석은 이것이 꿈임을 깨달았다. 마음이 미어졌다.

"오후에 머리 자르러 갈 건데 너도 가자."

지석은 고개를 끄덕였다. 희진은 지석의 머리카락을 이리저리 만지면서 깔깔 웃어댔다.

지금도 머릿속에 그날 일이 희미하게 떠올랐다. 정말로 평범한 오후였다. 지석의 기억에 따르면 수업이 끝나고 둘은 다정히 손을 잡고 미용실로 향했고, 근처 식당에서 저녁을 먹었다. 닭갈비였던가. 매운맛을 고르는 바람에 물을 몇 잔이나 마셔야 했다. 식사를 마치고는 부른 배를 꺼뜨려야 한다는 이유로 공원을 걸었다. 희진은 잡고 있던 손을 슬쩍 빼서는 지석의 얼굴을 만졌다. 그리고 턱에서 멈췄다. 순간, 소름이 돋았다. 전혀 다른 의미로 익숙한 느낌. 그때였다. 희진의 손끝에서 난데없이 쇠침이 솟더니 지석의 턱을 파고들었다.

깜짝 놀라 벌떡 일어난 지석은 자신이 지금 감옥에 있음을 눈치챘다. 미로 같은 지옥 서버 3단계 지옥의 감옥 2층. 지석은 예언자에게 쫓기는 중이었다. 빛나는 황금빛 얼굴과 열 개의 긴 쇠침이 박힌 황금색 장갑으로부터. 그러나 도망쳐도 도망쳐도 같은 모양의 복도가 반복되었다. 막다른 복도에서, 지석은 결국 예언자와 정면으로 대치하고 말았다.

"준비는 끝났어."

지석은 '짝' 하는 소리와 함께 깨어났다. 자신도 모르는 사이 머리에는 대체현실 접속기가 씌워져 있었다. 잠시 아주 짧은 꿈을 꾸고 일어난 것 같았지만 대체현실 세계에서 어떤 의식이 치러졌음을 짐작할 수 있었다. 용섭과 수경은 이미 끝났는지 머리를 흔들며 잠기운을 떨치고 있었다.

"다 끝난 건가요? 아무것도 기억나지 않는데."

"기억에 남지 않게 해 달라며."

최면술사가 심드렁하게 말했다. 그렇게 최면술을 통한 작전 숙지 과정이 끝났다. 몇 주간 제대로 먹지도 자지도 않은 세 사람은 이게 꿈인지 생시인지 잘 구분하지 못할 정도로 기진맥진했다. 지석은 자신의 머리를 의심할 수밖에 없었다. '정말 내 머릿속에 완벽한 작전 계획이 들어와 있는 걸까?' 작전의 특성상 지석이 세운 계획이었음에도 잘 떠오르지 않았다. 그냥 믿을 수밖에 없었다.

건물 밖으로 나온 지석은 수경과 용섭 앞에서 봉투를 꺼냈다.

"지옥 서버에 갇힌 범죄자 가족들이 나한테 돈을 줬어. 최면술사에게 의뢰비를 주고도 남았지."

용섭과 수경은 어리둥절한 눈치였다.

"그분들의 속마음을 다 아는 건 아니지만. 어쨌든 그분들도 지옥 서버가 존재해서는 안 된다고 생각해. 당연히 범죄자는 죗값을 치러야 한다고는 생각하지만 그걸 한 개인이 마음대로 정해선 안 되니까. 그리고 무엇보다 이 돈은 나한테 준 게 아니라, 우리에게 준 거야."

지석은 돈을 공평하게 나누었다.

언제 여기까지 온 걸까? 지옥 서버가 처음 등장했을 때 지석은 백철승을 응원하며 후원금도 보냈다. 그런 자신이 이제는 희생자들의 지지를 받는 반란군 대장이 되었다니.

"부담스럽겠지만 받아. 백철승은 자기가 지옥을 만들어 죄인을 심판하겠다고 건방을 떨고 있지만 그놈이 하루라도 지옥을 살아 봤을까? 태어나서부터 지금까지, 결국 죽어서도 천국에서만 살 놈이. 헬도천 지옥 출신인 우리는 알잖아. 지옥은 우리 구역이야. 우리, 꼭 이기자."

"이야, 형님! 웬일로 그런 멋진 말을 다 하시고. 저 지금 느끼하고 닭살 돋는데 너무 멋있잖아요."

용섭은 갑자기 사진을 찍자고 조르더니 지석과 수경에게 어깨동무를 했다. 그날 밤, 셋은 오랜만에 일찍 헤어져 저마다 깊은 잠을 잤다. 작전 시행이 하루 앞으로 다가왔다.

같은 시간, 성태우도 마지막 점검을 위해 작은 자작극을 벌였다. 일부러 핸드폰을 두고 퇴근한 후, 6시 30분에 맞춰 다시 회사로 왔다. 이 시간에는 거의 백철승만 있다. 백철승은 혼자 있는 시간을 좋아했다. 사실은 지옥 서버에 접속하는 '경건한' 시간을 갖고자 함이었다. 그때 그가 정확히 무엇을 하는지는 성태우조차 알 수 없었다. 평범한 보안 점검일 수도 있으나 끔찍한 고문을 당하고 있는 범죄자들을 구경하고자 접속한다면 어딘지 오싹했다. 그들이 받는 고통은 소멸이라는 출구가 없다. '차라리 죽었으면……' 하고 소망할 수도 없다. 범죄자들은 진심으로 백철승을 신이 아니면 악마로 생각할 것이다. 백철승은 20-30분 정도 지옥 서버에 머무르다 일과를 종료했다. 침투 시간을 정하기 위해서는 백철승이 일과를 종료한 후의 사무실 상황을 알아야 했다.

백철승은 마침 사무실을 나오는 중이었다. 사무실에는 아무도 없는 듯 불도 모두 꺼져 있었다.

"성 팀장님?"

"아, 대표님. 뭘 좀 두고 가서요."

하지만 백철승은 몸을 돌려 슬쩍 성태우의 옆자리에 앉았다. 어설픈 이유를 댄 성태우는 그의 행동에 덜컥 겁이 났다.

"요즘 어때요?"

"저야 모든 게 다 좋죠."

"스트레스 많은 거 잘 알아요. 특히 성 팀장님이 힘드셨죠. 대의를 위해 꼭 필요했지만 어쩔 수 없이 희생된 동물들을 생각하면 저도 밤에 잠이 안 와요. 우리 마음 약한 팀장님은 얼마나 더 힘들었을까?"

"아닙니다. 다 필요한 과정이었으니까요."

"지옥 대신 천국을 만드는 일이었다면 얼마나 행복할까요?"

백철승은 가끔 한없이 어린 소년처럼 보일 때가 있었다. 지금처럼. 오래 고민하고 지석 일행과 손을 잡았음에도 성태우는 굳게 잠근 자신의 마음이 움직일 수도 있을 것 같아 불안했다.

"팀장님. 없는 얘기라고 생각하고 들어 볼래요? 전 감정 통제도 안 되고, 불안정한 사람이에요. 어쩔 수 없는 일이긴 하지만 비윤리적인 짓도 했고요. 하지만 정말로 필요한 일이었어요. 흉악한 사건들을 보면 남 일 같지가 않아요. 착한 척, 정의로운 척이 아니에요. 진짜 남 일이 아니라는 뜻이죠. 저도 범죄 피해자니까."

백철승은 정말 어린아이가 되어 있었다.

"얘기해도 모를 거예요. 담이도 이해 못 해요. 그래서 더 이 일을 해야 한다고 집착했을지도요. 일이 잘 풀리면 제 마음도 치유될 줄 알았는데 그것도 아니었네요."

백철승은 외로워 보였다. 사람 대 사람이라면 당장이라도 안아 줄 수 있다. 이건 연민의 문제가 아니다. 성태우는 자신을 다잡아야 했다. 지금 그에게 느껴지는 연민이 그가 하고자 하는 일을 정당화할 수는 없다고.

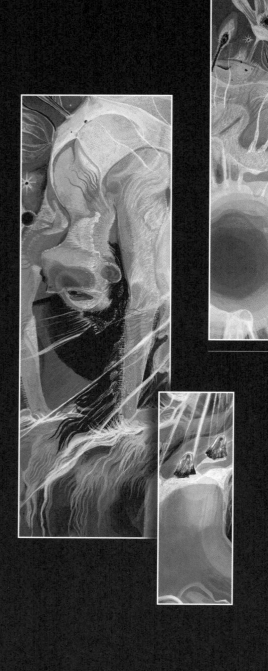

4장

지옥의 순례자들

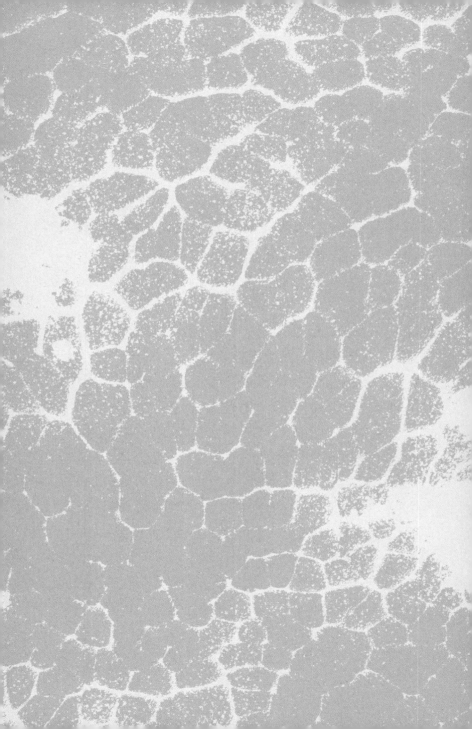

결전의 날이 밝았다. 성태우는 오후 7시를 침투 시간으로 정했다. 백철승에게 외부 일정이 있어 늦어도 7시에는 사무실에서 나가야 했기 때문이다.

지석은 6시 30분에 일찌감치 약속한 장소에 도착했다. 아비치 게임즈가 입주해 있는 건물의 최하위층인 지하 8층. 성태우는 금방 찾을 수 있었다. 어깨에 카메라 가방 같은 걸 매고 있었다.

"여기에 아비치 게임즈 데이터실이 있다고요? 사람들이 아무렇게나 오갈 수 있는 곳인데."

"'아무나'는 아니죠. 입주사만 출입이 가능하니까."

성태우는 그렇게 말하고 '전기실'이라는 안내판이 붙은 문 앞에 섰다. 지석은 이 위장술에 놀랄 수밖에 없었다. 너무 평범해서 일말의 호기심도 안 드는 이름이다. 이곳이 지금은 대한민국이지만 곧 전 세계를 뒤흔들 지옥 서버의 데이터실이라니.

백철승은 치밀했다. 문이 열린 다음 가장 먼저 보이는 것은 폐기물이나 다름없는 각종 전기부품이었다. 잔뜩 먼지를 뒤집어쓰고 있어, 의심의 가능성을 다시 한번 차단했다. 진열대를 지나쳐 코너를 돌자 비로소 눈을 의심하게 만드는 광경이 나왔다. 범죄자들의 자아 뉴런이 냉동 보존된 채 데이터를 받아들이는 뉴런 보관소다. 보관소는 가로세로 1미터, 높이 3미터 정도의 원기둥 모양이었다. 냉매가스 사이로 보이는 중심기둥에는 100여 개의 자아 뉴런이 꽂혀 있어 꼭 커다란 옥수수 같았다. 주변에는 서버용 본체들이 있었다. 성태우의 말처럼 매우 두꺼운 강화 아크릴 장벽으로 막혀 있어 가까이 다가갈 수는 없었다.

"그러니까 이게 지옥 서버에 들어간 사람들이라는 거죠?"

"네, 정확하게 말하면 그들의 자아 뉴런이고요. 그것을 '사람'이라고 불러야 할지는 여전히 뜨거운 감자지만. 아무튼 전부 이곳에 있어요. 완영순의 자아 뉴런은 B-31에 있습니다. 재미있죠? 이렇게 가까운 곳에 있는데 경찰은 끝내 못 찾았어요. 못 찾은 건지, 안 찾은 건지."

지석은 압도되는 느낌을 받았다. 대한민국 역사상 최악의 범죄자라는 완영순. 지금 그가 저기에 '살아' 있다. 지석은 주먹으로 아크릴 벽을 툭툭 두드렸다.

"그리고 이건 폭탄으로도 못 뚫는다는 벽이고요."

"맞습니다. 보관 기계에 손을 댈 수 있는 건 백철승과 서문담, 오직 두 명이에요. 대신 관리자 계정으로 접속은 할 수 있어요. 여러분도 제 계정을 타고 침투할 거고요."

"두 사람은 오늘 다른 일정이 있다고 했죠? 제발 마주치지 않았으면 좋겠는데."

"아쉽지만 그럴 수는 없어요. 침투가 감지되는 순간 둘에게 경보가 갈 테니까요. 그 타이밍을 최대한 늦추려고 지옥을 도보로 가로지르는 거지만 들키지 않을 수는 없어요. 서문담은 휴대용 기기가 있어 즉시 접속할 거예요. 길어야 5분? 아무리 빨리 1, 2단계 지옥을 돌파해도 감옥에서는 예언자와 마주친다는 얘기죠."

"애초에 날로 먹을 기대는 하지 말라는 뜻이네요. 좋아요. 근데 하나 더……. 팀장님 계정으로 들어가면 회사에서 알 텐데, 괜찮겠어요?"

"전 오늘 자정 비행기로 떠나요, 회사는 모르지만. 그리고 미국 시민권자라 그 정도 법망은 피할 수 있어요. 한국에 안 들어오면 되죠, 뭐."

지석은 성태우가 자기 살길을 챙겼다는 말에 오히려 안심할 수 있었다. 이 순간까지도 완전히 그를 신뢰할 수 없었기 때문이다. 지석의 속마음을 아는지 모르는지 성태우는 가방을 열어 기기를 세팅하기 시작했다. 용섭은 7시를 15분 남겨 놓고 도착했다. 문제는 수경이었다. 침투 준비가 끝났는데도 오지 않았다. 지석은 불안해졌다. 그사이 마음이 바뀐 걸까? 그렇다면 연락은 필요하지 않을 것이다. 지석은 수경을 믿고 싶어서 말없이 기다렸다.

6시 59분, 침투 1분 전에 수경이 상기된 얼굴로 나타났다.

"죄송해요. 너무 긴장했는지 잠이 안 와서 밤을 꼴딱 샜는데, 점심을 먹고 나니 잠이 와서."

"괜찮아. 아직 시간 남았어. 잠을 잔 덕분에 이미지 트레이닝을 더 했을 테니까 잘 된 거지."

지석이 곧장 접속기를 쓰자 용섭과 수경도 따라 접속기를 머리에 썼다.

"전 안전한 장소로 이동해서 서버를 살피고 있을 거예요. 여러분이 감옥 5층 점거에 성공하면 저는 백철승 대표에게 연락해서 협상을 시도할 겁니다. 이 강화 아크릴을 여는 키를 달라고요. 만약 저 문을 열게 된다면 수경 씨 어머니를 포함해서 언론에 공표 안 된 실험체들의 자아 뉴런을 뽑아 숨겨 놓을게요. 만에 하나 여러분이 실패한다면……."

거기까지 말하고 성태우가 지석의 눈을 바라봤다.

"실패한다면?"

지석은 눈빛 하나 흔들리지 않고 성태우의 다음 말을 재촉했다.

"죄송합니다. 전 여러분의 가족을 만나고 싶다는 절절한 마음이 너무 딱해 선의로 제 계정을 빌려준 겁니다. 여러분은 저에게 가족만 보고 온다고 약속한 거고요. 따라서 저는 안에서 벌어진 일은 전혀 몰랐던 거죠. 가족분들, 잘 보고 오세요."

성태우는 지석에게 옅은 미소를 보인 뒤 고개를 돌렸다. 그것이 성태우가 보일 수 있는 최선의 응원인 셈이다.

이제 들어가야 한다. 지석 일행은 단단한 아크릴 벽에 상체를 기대며 나란히 앉았다.

"가자, 지옥으로!"

일행이 눈을 떠 보니 마차 안이었다. 첫 침투 때 지석과 용섭을 감옥까지 실어 나른 마차다. 한시 빨리 이 마차를 벗어나야 한다. '하지만 어떻게?' 첫 단계 돌파는 용섭의 몫이었으므로 용섭이 계획을 잘 세웠기를 기대하는 수밖에 없었다. 그리고 그것이 최면술을 통해 지석의 무의식에 무사히 안착했기를. 용섭을 바라보니 그는 고개를 들어 자신의 정수리 위를 쳐다보고 있었다.

"이 마차는 '위치 헌터스' 액트 3에서 에픽 몬스터가 타고 나오는 마차예요. 다른 부분은 아무런 공격도 안 통하나 천장 유리 연결 부분이 약점이에요. 형님이 나사만 좀 풀어 줘요."

마차 윗부분을 올려다보자 할 일이 명확하게 떠올랐다. 지석은 재빨리 손을 뻗어 꽉 조여진 나사의 너트를 없앴다. 지석도 '위치 헌터스'의 유저였다. 용섭은 유저는 아니었으리라. 지석은 10대 시절 즐겼던 게임을 십수 년 후에 다시 플레이하는 기분이었다. 머리는 기억을 못 하지만 몸은 플레이 방법을 알고 있었다.

"더 설명 안 해도 돼."

지석은 손바닥을 펼쳐 자기 시야를 가린 다음, 너트가 풀린 상태의 나사를 상상했다. 지석이 대체현실 출장 수리기사 시절부터 늘 하던 일이자 체커로 일할 수 있는 밑바탕이 되어 준 특수 능력이었다. 대체현실을 구성하는 공간 데이터에 변형을 가하는 것. 그렇다고 마차를 통째로 사라지게 하거나 용암 웅덩이를 만들어 마차를 태우는 것처럼 파격적인 일은 할 수 없다. 연결 부위의 모양을 바꾸는 건 얼마든지 가능했다.

지석이 시야를 가렸던 손을 내리자 어느새 너트가 사라져 있었다. 이를 확인한 용섭이 곧바로 천장에 손을 올려 작은 돌풍을 만들었다. '펑!' 그와 동시에 나사 네 개가 마차 밖으로 튕겨 나왔다. 기압의 영향 때문인지 고막이 터져 나갈 듯이 아파 왔다. 수경은 아랑곳하지 않고 어깨로 마차 유리창을 힘껏 밀쳤다. 그동안 틈이 나는 대로 운동을 하더니 폼이 제법 전문가다웠다. 덕분에 강화유리가 마차 밖으로 떨어지며 출구가 생겼다. 지석은 가슴이 두근거렸다. '최면 작전이 효과적으로 먹히고 있다!'

"뛰어내리자."

지석의 말과 함께 일행이 마차 밖으로 뛰어내렸다. 마차의 속도 때문에 모두 한동안 땅바닥을 굴러야 했다. 땅에 발을 디디자 지석은 땅이 왜 회색인지 알 수 있었다. 바닥이 놀랄 정도로 뜨거웠다. 시간도 없지만 재빨리 움직이지 않으면 탈수 증상이 나타날 게 분명했다. 과연 지옥이란 말이 무색하지 않았다.

"북쪽의 저주받은 성당이 공식 통로지만 우린 동쪽 성체로 갈 거예요. 거기서 지하수로를 따라 내려가면 지름길이 있어요."

용섭이 앞장섰다. 그렇게 발바닥의 화끈거림을 찾고 셋은 한 줄로 서서 지옥 길을 걸었다. 밤인지 낮인지도 분간할 수 없었다. 해는커녕 피처럼 붉은 하늘이 머리 위를 짓누르고 있었다. '휘이' 하는 바람이 음산한 휘파람처럼 들렸다.

지석은 이곳이 낯설면서도 익숙했다. '불처럼 뜨거운 땅.' 지옥이라고 하면 어렵지 않게 떠올릴 수 있는 전형적인 이미지다. 성경에도 꺼지지 않는 불이 묘사되어 있고, 불교 경전에도 사람을 녹이는 화탕이 나온다. 지옥과 불이 동의어처럼 쓰이는 것은 통제하기 힘들다는 불의 속성 때문도 있지만 불 자체가 주는 강렬한 고통이 인류의 살갗에 각인되어 있기 때문이기도 하다. 고전은 게임 개발자들에게 영감을 주었고, 그 결과는 지옥 서버에 그대로 나타나 있다. 그들은 지옥의 모습을 상상만 했겠지만 지금 지석 일행은 직접 지옥을 걷는 중이다. 데이터라는 걸 알고 있지만 너무나 생생해 혹시 내가 지금 진짜 지옥에 있는 건 아닌가 하는 착각이 들었다.

한동안 말없이 걷던 일행 앞에 검은 성체가 나타났다. 용섭이 말했던 동쪽 성체인 듯했다. 악마가 사는 성처럼 검붉은 색에 단단해 보이는 재질의 돌로 만들어진 성이었다. 커다란 성문은 만들어진 이래 단 한 번도 열린 적 없는 것처럼 굳게 닫혀 있었다. 지석이 먼저 성벽에 기대어 섰다. 그리고 손으로 한쪽 눈을 가린 뒤 천천히 치웠다. 그러자 성벽을 이루던 돌들이 조금씩 옆으로 삐져나왔다. 잠시 후, 대각선으로 성벽을 타고 올라갈 수 있도록 계단이 만들어졌다. 세 사람은 계단을 밟고 성벽을 올랐다. 지석이 먼저, 차례로 수경과 용섭이.

"위험해!"

용섭이 소리친 것은 수경이 성벽을 넘어 감시탑에 올라섰을 때였다. 화살이 수경의 미간으로 날아들고 있었다. 용섭이 재빨리 수경 주위로 솟아오르는 바람을 만들었다. 그러자 화살의 방향이 꺾이면서 수경의 머리카락을 스치고 지나갔다. 간담이 서늘해지는 순간이었다.

"조심해. 여기서도 부상당하면 진짜와 똑같이 아파. 죽을 정도로 다치면 접속이 끊어지고."

지석 일행은 감시탑에 연결된 계단을 따라 성 안쪽 회당으로 내려갔다. 너무 어두워 무엇이 있는지 분간할 수 없었다. 딱 하나, 5층 건물 높이의 벽면 한쪽 전체가 피눈물을 흘리는 성모를 형상화한 스테인드글라스라는 것은 알 수 있었다. 지석은 영혼까지 억눌리는 듯한 압박감을 받았다.

"너무 어두워요."

지석의 등 뒤쪽에서는 용섭이 문을 여는 소리가 들렸다.

한 줄기 빛이 회당을 한 바퀴 훑는 순간에 알 수 있었다. 이 장소에 불청객이 와 있다는 사실을. 눈앞에 한 무리의 몬스터가 있었다. 누가 마구 뜯은 것처럼 얼굴 곳곳의 근육과 뼈가 드러난 상태였다. 또 눈은 좀비처럼 동공이 풀렸다. 몬스터들은 온몸을 가리는 망토를 입었는데, 양손에 각각 칼과 방패를 쥐고 있었다. 용섭은 곧장 강풍을 일으켰다.

곧 진풍경이 펼쳐졌다. 폭풍 같은 바람에 날아간 것은 몬스터들의 망토와 방패뿐이었다. 용섭이 만든 바람으로는 그들을 밀쳐 낼 수 없었다. 해골 병사들이었기 때문이다. 그들의 갈비뼈를 통과하는 바람 소리가 심한 고문을 당한 누군가가 울부짖는 소리처럼 들려 듣고 있기가 힘들었다.

"으악. 바람이 전부 통과해!"

지석은 이들을 어디서 봤을지 떠올렸다. 판타지 소설이나 게임에서 '언-데드'라고 불리는 해골 병사들의 이미지는 흑사병이 창궐했던 중세에서 유래한다. 게임 속 언-데드는 대부분 하급 몬스터에 불과해 큰 힘이 없지만, 백철승이 이들을 지옥 서버에 데려오면서 어마어마하게 업그레이드시켰는지 매우 으스스하고 소름 끼쳤다. 용섭의 공격을 가볍게 막은 해골 병사들은 지석 일행을 향해 달려들었다. 지석은 이들이 어디서 유래했는지는 떠올렸으나 막상 어떻게 행동해야 할지는 생각나지 않아 당황했다.

바로 그 순간이었다. 수경이 양팔로 머리를 감싸며 해골 병사들의 한복판으로 달려 나갔다. 대여섯 명의 해골 병사가 수경을 덮쳤고, '캉캉' 하는 칼이 돌바닥을 내리치는 소리가 울렸다.

"이쪽으로요!"

정신을 차려 보니 수경이 벽면에 몸을 붙인 채 달리고 있었다. 복제 이미지를 만들어 해골 병사들을 유인한 것이었다. 수경은 모두의 기대보다 잘 해내고 있었다. 지석과 용섭은 수경의 지시에 따라 회당 안쪽으로 향했다. 그들이 스테인드글라스 벽 아래에 도착했을 때야 해골 병사들은 수경이 가짜였다는 사실을 깨닫고는 뒤늦게 돌아봤다. 이에 지석이 손을 뻗어 회당 바닥을 가렸다. 머리에 떠오른 이미지는 엉뚱하게도 스케이트장 같은 얼음 바닥이었다. 곧 바닥은 얇은 얼음장으로 변했고, 용섭은 해골 병사들이 떨어뜨린 방패를 주워 바닥을 힘차게 찍었다. 아래쪽에서 얼음 조각 떨어지는 소리가 메아리처럼 울렸다. '발밑에 공간이 있는 게 분명해!' 지석 일행은 동시에 깨진 바닥의 틈새로 뛰어내렸다.

'첨벙' 소리와 함께 이번에는 웅덩이를 굴렀다. 일어나 좌우를 살펴보니 길게 뻗은 터널이었다.

"여기가 지하수로예요! 뛰어요!"

수경의 말에 지석 일행은 물길을 따라 뛰었다. 너무나 다행은 지옥 서버가 통증만 재현했을 뿐, 체력 고갈이나 몸이 지치는 감각까지는 구현하지 않았다는 것이었다. 범죄자들에게 더욱 생생한 고통을 주기 위해서겠지만 지금으로서는 너무나 다행이었다.

"우리 이 정도면 국가대표급 팀워크 아닙니까, 형님?"

용섭이 신나서 외쳤다. 솔직히 지석도 기분이 들뜨긴 마찬가지였다. 그 말이 사실이었으니까.

"우리가 게임 중계 중이었으면 시청자가 100만 명은 들어왔을 거다."

"아깝네요, 이 활약상을 우리만 알아야 한다니!"

들뜬 분위기는 거대한 엉덩이를 본 순간 흔적도 없이 사라졌다. 어느 게임에서 이런 엉덩이가 나온단 말인가! 난생처음 보는 게 확실했다.

17

하수도를 막고 있는 거대한 엉덩이에는 살구색 꼬리가 길게 늘어져 있었다. 뭔가를 먹고 있는 중인지 괴물의 몸통이 요란하게 들썩댔다.

"이 냄새 나는 몬스터는 뭐야?"

"괴물 쥐예요. 위험한 몬스터지만 우리한테 도움이 될 수도 있어요."

용섭의 말과 달리 가까이에서 본 괴물 쥐는 더욱 혐오스러웠다. 듬성듬성 빠져 있는 털 아래로 근육 라인이 요란하게 갈라져 있는 두툼한 피부가 보였다. 몇 군데나 피 웅덩이가 고여 더 위협적이었다.

"도움이 된다고? 이게?"

"탈것으로 쓸 수 있어요. 대신 한번 건드리면 폭주하니까 한 치 오차도 없이 우리가 동시에 '빡' 올라타야 해요."

듣고 보니 일행은 마침 괴물 쥐에게 올라타기 좋은 위치에 있었다. 수경은 왼쪽 옆구리 앞, 지석은 오른쪽 옆구리 앞, 용섭은 엉덩이 바로 뒤.

"제가 '셋' 하고 외치면 동시에 올라타는 거예요. 하나, 둘……."

용섭이 쓸데없이 큰 소리로 숫자 셋을 외치는 순간, 다행히 모두 괴물 쥐 위에 올라탈 수 있었다. 곧이어 '꾸왝' 하는 외침과 함께 괴물 쥐가 앞으로 달리기 시작했다. 엄청난 속도에 지석 일행은 살기 위해 어쩔 수 없이 괴물 쥐의 털을 세게 움켜잡을 수밖에 없었다. 털이 뽑힐 듯한 고통 때문인지 괴물 쥐도 악취 나는 침을 스프링클러처럼 흩뿌리며 마구 질주했다. 셋의 귀에는 자신의 비명만 크게 들려 소통은 커녕 더더욱 쥐의 털을 힘껏 움켜잡았다. 어느 정도 괴물 쥐의 속도가 일정해지고 나서야 일행은 정신을 차릴 수 있었다. 긴 직선 내리막길에 들어서자 멀리서 빛이 새어 들어오는 게 보였다.

"저기예요, 이제 저 배출구로 다이빙해요."

세 사람은 몸을 낮추고 다리 근육에 힘을 줬다. 몸의 긴장이 느껴졌다. 목표가 가까워질수록 작아 보이던 구멍이 점점 커졌다. 수로의 물이 졸졸 흐르는 소리도 들렸다.

"지금이야!"

지석이 몸을 날리는 것과 동시에 수경과 용섭도 아래로 뛰어내렸다.

배출구의 물길을 따라 떨어진 셋은 '풍덩' 하고 작은 연못

에 빠졌다. 연못은 사람 키보다 얕아 빠져나오는 데 긴 시간
이 필요하지는 않았다.

　연못 밖에는 황금빛 밀밭이 펼쳐져 있었다. 얼마나 평화
로워 보이는지 지옥이 아니라 천국이라고 해도 믿을 정도
였다. 끝없는 밀밭 가운데 눈에 띄는 것은 농장 한가운데 서
있는, 사람 키의 서너 배는 되어 보이는 허수아비. 그리고
벼랑 끝에 설치된 재래식 풍차가 전부였다.

　"여기가 세상 끝의 밀 농장이에요. 우리는 풍차 쪽으로
가요."

　용섭과 지석이 앞서고 수경이 뒤를 따랐다. 허수아비 옆
을 지나치며 무심코 고개를 든 수경은 깜짝 놀랐다. 몸은 지
푸라기지만 눈코입은 정교하게 나무로 새겼다. 수경은 그
눈동자가 아래쪽으로 움직여 자신을 보고 있다는 느낌이
들었다. 불길함을 느낀 수경은 재빨리 풍차를 향해 달려갔
다. 벌써 도착한 지석은 풍차 뒤쪽 절벽을 내려다보고 있었
다. 지옥의 나선형 구조를 명확히 볼 수 있는 장소였다. 1단
계 지옥의 가장자리 부분은 깎아지른 절벽 지형이었고, 까
마득한 절벽 아래로는 안개로 뒤덮인 정글이 보였다.

　"저 아래가 2단계 지옥이겠지. 생각보다 너무 머네."

　"그렇지도 않아요. 1단계는 여기서 끝날 테니."

　왠지 찜찜한 기분에 뒤를 돌아본 수경은 저도 모르게 비
명을 내질렀다.

　"뒤, 뒤에 허수아비!"

언제 움직였는지 거대한 허수아비가 세 사람을 내려다보고 있었다. 양손에는 사신의 낫 같은 긴 낫을 들고는 그들을 내리찍으려 했다. 수경의 외침에 뒤를 돌아본 지석과 용섭은 경악했다. 허수아비의 낫은 이미 지구라도 박살 내려는 듯 엄청난 힘으로 내려오고 있었다. 두 사람은 간신히 옆으로 굴러 피했다. '콱!' 낫은 바닥을 찍었고, 덕분에 밀과 흙이 족히 3미터, 허수아비의 허벅지까지 튀어 올랐다.

"으악! 이 허수아비는 눈만 안 마주치면 괜찮은데 봉인이 풀려 버렸어."

용섭의 말에 수경은 아차 했다. 자신의 곁눈질 한 번이 이 위기를 불러왔을 줄이야! 허수아비는 이번에는 낫을 수평으로 들어 뒤로 힘껏 당겼다. 일행의 허리를 단칼에 베어 버릴 것 같은 준비 동작이었다. 방금 공격보다 훨씬 피하기 힘들어 보였다. 반면 허수아비의 나무로 된 얼굴은 이 상황을 즐기는 듯 환한 미소를 짓고 있었다. 허수아비가 낫을 휘두르기 직전에 지석이 허수아비 발아래를 향해 손을 뻗었다. 뒤이어 허공을 가른 허수아비의 낫이 일행의 머리카락을 아슬아슬하게 스쳤다. 허수아비가 한쪽 발을 걸친 땅이 봉긋하게 솟으며 균형을 잃은 덕분이었다. 허수아비는 땅에 풀썩 주저앉았다.

"지금이에요. 풍차 앞으로!"

용섭이 외치기도 전에 지석과 수경은 이미 풍차를 향해 뛰고 있었다.

"형님은 얼른 풍차 연결 부위를 풀어 주세요. 나머지는 제가 할게요."

풍차 날개 바로 밑에 도착한 지석은 고개를 들어서 날개 연결 부위를 유심히 살폈다. 쇠로 된 심이 겹쳐진 두 개의 긴 나무 날개를 관통하여 본체와 연결하고 있었다. 지석은 그 심을 지우기 위해 머릿속으로 이미지를 그렸다. 큰 구조물이라 그런지 쉽지 않았다. 그사이 거대 허수아비는 자리에서 일어나 지석 일행을 향해 성큼성큼 걷기 시작했다. 용섭이 허수아비의 접근을 막기 위해 돌풍을 일으켰다. 그 때문에 풍차 날개가 서서히 돌았다. 그러자 허수아비 몸체를 이룬 짚과 밀 낱알이 날림으로써 시야가 온통 황토색으로 가려지는 진풍경이 벌어졌다. 세 번의 시도 끝에야 지석은 마침내 날개의 연결 부위를 없앨 수 있었다. 지지하는 힘이 사라진 날개는 강한 바람의 힘을 견디지 못하고 대각선으로 낙하하며 그대로 허수아비를 덮쳤다. 허수아비의 짚으로 된 몸은 회전하는 날에 걸려 갈가리 찢기고, 거대한 낫은 하늘로 튕겼다. 바닥에 추락한 풍차 날개는 밀밭을 엉망으로 만들며 산산이 조각났다.

"간신히 살았네. 근데 이 밀밭에는 왜 온 거야? 막힌 것 같은데."

"형님, 풍차 날개를 뜯은 건 괴물을 죽이려는 목적이 아니에요."

용섭은 부러진 풍차의 날개 조각 중 제일 큰 조각을 질질

끌고 왔다. 지석과 수경은 어리둥절했지만 저도 모르게 풍차 날개를 붙잡았다. 일렬로 선 셋은 머리 위로 긴 날개 조각을 들고 벼랑 앞에 섰다.

"형님, 제 특기가 뭡니까. 우리한테는 하늘길이 열렸다고요."

"행글라이딩을 하겠다는 거지?"

지석의 물음에 용섭이 고개를 끄덕이며 양 손바닥을 쫙 펼쳤다. 용섭이 불러온 바람이 날개 밑을 세차게 스치는 게 느껴졌다. 남은 일은 하나다. 날아오르기. 지석 일행은 비탈길을 내달려 절벽을 향해 망설임 없이 점프했다. 풍차 날개 조각은 세 사람을 매단 채 바람을 타고 날아올랐다. 눈높이로는 검붉은 지옥 서버의 하늘과 절벽으로 된 공간이, 발밑으로는 안개에 뒤덮인 열대 밀림이 보였다. 경이롭기까지 한 풍경이었다.

지석은 1단계 지옥에서의 싸움이 너무나 아찔해서 이곳이 어떤 공간인지 잊을 뻔했다. 게임 회사가 만든 대체현실이라고 해서, 여기가 즐거운 놀이공원인 건 아니었다. 지금 이 공간에 어림잡아 100명이 넘는 망자들이 고통을 당하고 있다. 수만 개의 바늘에 찔리며 미쳐 가고 있지만 그들에게 '소멸'의 자유는 없다. 이곳은 진짜 지옥이었다.

지석 일행은 어느덧 2단계 지옥으로 접어들었다. 고도가 낮아진 날개는 앞이 보이지 않을 정도로 두터운 안개 층을 통과했다. 아래로 내려오니 1단계 지옥과는 전혀 다른 분위기였다. 울창한 숲이 우거진 이곳은 지석이 담당할 동양풍 지옥이었다. 바람을 탄 덕분에 세 사람은 정글 중앙부까지 왔다. 미리 준비한 시나리오의 반절을 무사통과한 셈이다. 시간을 단축했다는 기쁨도 잠깐. '우지끈' 소리와 함께 뒤에서 무엇인가가 풍차 날개 조각을 낚아챘다. 지석 일행은 공중에서 빙그르 돌며 추락했다. 제법 높은 곳이었지만 바닥이 고무 재질의 매트 같은 곳이라 통통 두어 번 튕기기는 했어도 큰 부상은 없었다.

"어휴, 다행이다. 우리 다 죽는 줄 알았는데. 근데 여긴 어디죠?"

용섭은 아무 생각 없이 말한 거지만 주변을 파악한 지석은 절망했다. 그들은 지석의 사무실 정도 넓이의 공간에 떨어졌다. 검은색과 노란색으로 된 불규칙한 얼룩무늬로 뒤덮인 벽은 눈이 아플 정도로 요란스러웠다. 그리고 바닥 한가운데는 붉은 웅덩이가 있었다. 여기에 푹푹 찌는 습도와 왜인지 고기가 익는 냄새가 났다.

"이건 '야테베오'라는 몬스터야. '풀 메탈 정글'의 보스급 몬스터지. 너무 오래전 게임이라 나도 플레이해 본 적은 없어. 하지만 최소 5인 파티로 잡아야 한다는 건 알아."

"네? 몬스터는 안 보이는데요?"

"그럴 수밖에. 우리가 있는 곳이 그 몬스터 소화 기관이니까."

비로소 상황을 파악한 용섭과 수경은 경악했다. 야테베오는 늪지에 사는 거대 식인식물이다. 사람 머리통만 한 눈알이 달린 촉수를 이용해 반경 30미터 이내로 접근하는 먹잇감을 낚아채 자신의 거대한 잎 속으로 집어넣는다. 큰 항아리 같은 잎 안에는 소화액이 있어 어떤 생명도 흔적 없이 녹인다. 이 게임이 발표되었을 때, 야테베오가 이슬람 신화 속 지옥인 자한남을 그대로 따랐다고 해서 논란이 일어났었다. 이슬람 신화에 따르면 자한남 한가운데에서 자라는 야테베오는 펄펄 끓는 원유가 담긴 열매를 맺어 지옥에 떨어진 죄인들을 녹인다고 했다. 이민자 수용을 두고 반이슬람 정서가 강했던 시기라 누가 이런 디자인을 고안했는지 밝히라는 요구가 빗발쳤다. 곡절 많았던 게임이니 만큼 유례없이 금방 서비스를 종료시켰다. 그래서 야테베오의 정확한 공략법을 아는 게이머도 흔치 않았다. 지석도 방법을 찾기 위해 정글에 등장하는 온갖 몬스터의 특성을 숙지해야 했다. 그리고 지금 자신이 뒤져 본 오래된 영상 자료들을 되짚으며 말했다.

"가운데 저 빨간 물웅덩이가 보이지? 소화액에 동물들 피가 섞여 빨간색이 되었어."

"으, 으악. 사람 뼈도 있어요!"

용섭의 말처럼 너비가 50센티미터 정도인 우묵한 웅덩이에는 사람의 해골이 여러 개 쌓여 있었다.

무엇보다 세 사람의 눈에 웅덩이 공간이 점점 넓어지는

게 보였다. 그 안에는 소화액이 차오르고 있었다. 겁에 질린 용섭은 벽면을 손톱으로 긁으며 기어오르려고 애썼지만 허사였다. 번번이 미끄러져 내렸다. 지석은 침착해지려 노력했다. 지석이 세운 계획에 따르자면 애초에 이런 상황이 일어나지 말아야 했다. 중앙 늪지대를 둥글게 우회해서 야테베오를 마주치지 않는 게 본래 시나리오였다. 전 단계에서 용섭의 마무리가 너무 과감했기 때문에 동선이 틀어진 듯했다. 지석은 임기응변으로 해결할 수밖에 없다고 판단했다.

"형님, 어떡하죠? 3단계 문턱도 못 가고 여기서 녹아 죽게 생겼어요!"

"침착해. 촉수에 달린 눈을 공격하면 잎이 오므라져. 그때 나갈 수 있어."

"눈이 어디 있는데요? 또 지금 우리가 여기서 어떻게 공격하고요?"

"눈은 3분마다 한 번씩 잎을 감시하러 와. 문제는 방법인데……."

말은 그렇게 했지만 지석도 답답하기는 매한가지였다. 용섭이 일으키는 바람 따위로 타격받을 야테베오가 아니었다. 그렇다고 주변에 지형지물이 보이는 것도 아니라 지석도 뾰족한 방도가 없었다. 애초에 수경의 능력은 미끼에 지나지 않는다. 곰곰이 생각하던 지석은 무심코 붉은 소화액 웅덩이와, 그 아래 쌓인 해골을 봤다. 해골은 둥그니까 바가지처럼 사용해 소화액을 담아서 뿌린다면 먼 거리에서도 위협을 줄 수 있지 않을까? 문제는 해골을 꺼내는 방법이었다. 지석은 이를 꽉 물고 소화액 웅덩이로 다가갔다. 손이 타오르는 듯한 고통은 구현될 테지만, 그로 인해 실질적인 손상은 없을 거라고 위안했다. 지석은 크게 심호흡한 다음에 재빨리 소화액으로 된 수면을 향해 손을 뻗었다. 거창했던 각오와 달리 손끝이 닿자마자 비명을 내지르며 팔을 빼냈다. 살이 녹는 고통은 그만큼 강렬했다. 지석은 왼손으로도 재차 시도했지만 손목까지가 한계였다. 평생 겪은 적이 없는 고통이었다.

"형님, 맨손으로 그걸 어떻게 잡아요?"

보다 못한 용섭이 답답해하며 한마디했다. 지석도 체념해 주저앉았다. 겨우 짜낸 공략법을 육체의 한계 때문에 쓸 수가 없다니! 1분 남짓한 짧은 시간 동안 온갖 생각이 스쳤다. 착륙 지점을 고려하지 않고 기분 내키는 대로 날아 버린 용섭을 향한 원망, 시나리오를 과신한 나머지 존재를 알았음에도 상대할 방법을 제대로 준비하지 않은 자신을 향한 후회 등등. 쪼그라들고 비겁해진 지석의 머릿속에 순간적으로 후퇴라는 단어가 떠올랐다. 하지만 수경 앞에서 그 단어를 내뱉을 수는 없었다.

"이 해골, 건지려는 거죠?"

지석의 계획을 알아챈 건지 수경이 침묵을 깨고 다가왔다. 지석이 뭐라 반응하기도 전에 수경은 무릎을 꿇고 주저앉고는 웅덩이 깊숙이 팔을 뻗었다. 고통을 아는 지석은 자신의 팔이 아파 오는 것처럼 아찔했다. 팔팔 끓는 곰탕 냄비에 손을 담근다고 하면 설명이 될까? 설사 고통은 참아 낸다고 해도 몸이 녹는 것은? 손가락부터 어깨까지를 웅덩이에 담근 수경은 이를 꽉 깨물고 얼굴을 부들부들 떨면서도 고통을 견뎌 냈다. 그리고 손가락 끝을 움직여 해골 눈구멍에 걸쳤다. 수경은 기어이 해골을 건졌다. 지석은 수경의 의지에 감탄했다.

그때였다. 야테베오의 눈이 동태를 살피기 위해 지석 일행의 머리 위로 불쑥 모습을 드러냈다. '지금이다.' 지석은 수경이 건져 낸 해골을 양손으로 힘껏 들어 올리며 안에 담긴 소화액을 공중에 흩뿌렸다. 붉은 소화액은 농구공이 골대에 들어가듯 몬스터의 눈동자를 정확히 조준했다. 그 순간, 고막을 찢을 것 같은 날카로운 바람 소리와 함께 야테베오의 몸체가 요동치는 게 느껴졌다. 잎 끝부분이 안쪽으로 말려 들어가기 시작해 세 사람을 가둔 벽의 높이가 순식간에 낮아졌다. 그들은 누가 먼저랄 것도 없이 잎 모서리를 잡고 죽음의 구덩이를 기어서 나갔다. 밖에서 보니 야테베오의 소화기관은 다섯 개나 되었다. 그 위로 여러 동물의 뼈가 산더미처럼 쌓여 솟아올라 있었다. 소화 과정 중인 생명체들이 뿜어내는 비릿하고 매캐한 냄새는 덤이었다. 이것이 지옥의 풍경이었다. 발광하는 야테베오를 뒤로 한 채 세 사람은 밀림을 내달렸다.

악명 높은 야테베오 서식지를 정면으로 가로지른 덕분에 지석 일행은 다른 몬스터들을 마주치지 않고 무사히 2단계 지옥의 끝에 다다를 수 있었다. 해자로 둘러싸인 거대한 성벽이 그 증거였다. 이곳도 만만치는 않아 보였다. 거대한 넝쿨 식물이 성벽 곳곳을 휘감고 있었고, 그 사이사이에는 불길한 느낌의 검은 이끼가 자라 있었다. 이곳의 최종 보스인 나찰귀가 사는 '타락한 사원'이었다.

18

"지금까지 너무 잘했어. 이 속도면 마차보다도 빨리 3단계 지옥에 도달할 거야. 이놈만 잘 때려잡자. 나찰귀는 공격이 안 통해. 놈의 공격을 피하면서 해자로 유인한 다음, 물속에 빠트릴 거야."

세 사람은 잔뜩 긴장한 표정으로 다리를 건너 성문 안으로 들어섰다. 하늘을 가린 짙은 안개로 뒤덮인 고요한 사원은 분위기만으로도 사람을 위축시키기 충분했다. 아무리 대체현실 속 그래픽이라고 해도 몸이 떨려 오는 것은 어쩔 수 없었다.

최종 보스답게 나찰귀는 숨어 있거나 몰래 나타나지 않고 사원 중앙에서 정직하게 모습을 드러냈다. 산사태가 난 듯한 묵직한 땅울림과 함께 그들 앞으로 걸어왔다. 고무처럼 한없이 늘어나고, 기다란 팔이 여섯 개, 그리고 얼굴은 세 개인 거인. 아무리 여러 번 봐도 도무지 익숙해지지 않을 생김새였다. 나찰귀는 게임이 아니라 불교 신화에 등장하는 아수라에서 따왔다. 호전적인 성격의 아수라가 살아가는 지옥 수라도는 싸움과 갈등이 끊이지 않는 장소라고 했다. 지석은 새삼스럽게 수라도라는 단어를 떠올리며 헛웃음을 지었다. 그렇다면 지금 자신이 살아가는 세상이 지옥이 아닌가. 자신에게 돌아오는 것도 없는데, 혹은 작은 이익 때문에 끝없이 싸우고 경쟁하고 이기고자 하는 것. 다른 사람들을 도태시키는 게 미덕으로 칭송받는 세상이었다. 대체 무엇이 부족해서 사람들은 가상 세계의 지옥까지 요구하게 된 걸까.

나찰귀의 외형에 압도당한 지석이 잠시 딴생각하던 사이, 순식간에 거리를 좁힌 나찰귀는 가장 앞에 있던 수경의 머리통을 향해 손에 든 철퇴를 휘둘렀다. 공격은 단순했지만 절도 있고 파괴력이 엄청났다. 간발의 차이로 몸을 굴린 수경은 공격은 피했지만 철퇴가 땅에 처박히며 온 시야가 가려질 정도로 엄청난 흙먼지가 났다. 허수아비와 달리 나찰귀는 대처할 시간이 없을 정도로 빠른 속도를 지녔다. 철퇴 공격이 끝나자마자 다른 손은 칼을 휘두를 준비를 했다.

"지금이야."

지석의 외침에 용섭이 흙먼지를 향해 돌풍을 일으켰다. 흙먼지는 소용돌이 모양으로 모여들며 나찰귀의 가운데 얼굴을 직격했다. 눈과 코가 막힌 나찰귀가 주춤하며 잠시 공격이 멈췄다. 이때를 틈타 지석 일행은 뒤로 도망쳤다. 용섭의 공격은 나찰귀를 오래 붙잡을 수 없었다. 나찰귀는 왼쪽과 오른쪽의 두 얼굴로 셋을 노려보며 성큼성큼 걸어왔다. 이번에는 양손을 동시에 쓴 빠른 검 공격이었다. 뿌연 안개 속에서도 칼날의 방향은 무섭도록 정확해 소름 끼칠 정도였다. 세 사람은 때로는 개구리처럼 훌쩍 뛰어오르고, 때로는 두더지처럼 땅을 기다시피 하며 사원 정문을 향해 도망쳤다. 10여 미터만 더 유인하면 해자 앞까지 도달할 수 있었다.

"어? 저, 괴물 멈췄는데요."

앞만 보고 뛰어오느라 나찰귀가 추격을 포기했다는 사실을 깨닫지 못했다. 정말로 나찰귀는 지석 일행과 떨어진 곳에 우두커니 서 있었다. 그가 든 두 개의 횃불이 명확하게 말해 주었다. 심지어 다시 사원 안쪽으로 몸을 돌렸다.

"돌아가는데요? 어떡해요?"

"나찰귀는 신을 지키는 파수꾼이야. 그에게는 사원을 보호할 의무가 있어."

지석은 등을 돌려 사원 정문을 향해 손을 뻗었다. 거대한 반얀나무가 기둥을 휘감고 있었다. 하지만 지석이 손을 치우고 다시 보자 기둥이 20도 정도 옆으로 기울어지기 시작했다. '이 정도면 충분해.' 확신이 들었다. 곧이어 나무의 무게를 이기지 못하고 '끼기긱' 하며 돌과 나무가 마찰하는 소리가 울렸다. 중심을 잃고 기울어지기 시작한 나무는 이내 가속도가 붙어 그대로 넘어졌다. 넘어진 반얀나무는 사원 정문을 부수었고, 그 소리를 들은 나찰귀가 고개를 돌렸다.

사원이 무너졌음을 감지한 것이다. 그러고는 악마다운 우렁찬 포효를 하며 지석 일행을 향해 달려들기 시작했다.

"해자로 뛰어!"

지석, 용섭, 수경은 차례로 무너진 잔해 더미를 폴짝폴짝 뛰어넘으며 해자를 향해 달렸다. 이대로라면 작전은 차질 없이 진행이다. 하지만 지석이 예상하지 못한 게 있었다. 분노에 찬 나찰귀의 속도다.

"으아악!"

지석의 옆에서 달리던 용섭이 먼저 비명을 질렀다. 그런데 그 소리가 순식간에 허공으로 멀어졌다. 용섭이 나찰귀의 손에 붙잡힌 것이다. 용섭은 괴로운지 아까보다 더한 비명을 지르고 있었다. 나찰귀가 마음먹기에 따라 용섭은 그대로 으스러져 버릴 수도 있었다. 지석이 어찌할 줄 몰라 쩔쩔 매는 사이 나찰귀가 지석을 똑바로 보며 걸어왔다. 다음 차례는 너라는 듯이. 그때 '딱' 하는 소리가 들렸다. 나찰귀도 걸음을 멈추고 고개를 돌렸다. 수경이 잔해에서 주운 돌 조각을 괴물의 얼굴에 던진 것이었다.

"사장님, 거기 숨어요. 제가 다리 위로 유인할 테니 사장님이 무너뜨려요!"

수경은 망설임 없이 돌덩이 하나를 더 던졌다. 돌에 맞은 나찰귀의 입술에서는 언제부터 피가 흐르고 있었다. 분노한 나찰귀가 수경을 죽일 듯이 쫓아가 냅다 칼을 휘둘렀다. 수경의 목이 '뎅강' 소리도 없이 잘렸다. 하지만 목이 잘린 수경은 이내 먼지처럼 사라졌다. 어느새 수경은 해자의 다리 위에 올라서 있었다. 목도 붙어 있었다. 더 화가 난 나찰귀는 부주의하게 다리로 쫓아갔다. 여기서 지석이 다리의 교각 하나만 지운다면! 하지만 지석은 놈의 손아귀에 있는 용섭이 걱정되어 머뭇거렸다.

"형님! 난 여기서 아웃하면 되니까 어서요! 감옥은 수경이랑 뚫어요!"

용섭의 한마디에 비로소 지석도 굳게 결심했다. 지석은 한쪽 눈을 감고 검지와 중지를 들어 시야에서 교각을 가렸다. 그리고 교각이 사라진 다리를 상상했다. 잠시 후, 지석이 손가락을 치우자 공간 정보가 변형되어 교각이 사라지고 없었다. 나찰귀의 발밑을 지탱하는 기둥이 사라지면서 갑자기 큰 하중을 받게 된 다리는 금방 무너져 내렸다. 나찰귀의 종아리까지가 순식간에 해자에 잠기며 사방으로 엄청난 물이 튀어 올랐다. 해자를 이룬 물은 무엇인가? 닿기만 해도 모든 걸 녹일 수 있는 위력을 가진 물이다. 정말로 해자에서 튄 검은 물방울이 다리와 사원 벽에 닿자마자 사정없이 녹아내렸다. 나찰귀의 다리에도 온천수 같은 연기가 뿜어 나왔다. 놈은 비명을 질러댔지만 상황을 돌이킬 수는 없었다. 종아리부터 허벅지, 차례로 허리까지 잠기며 나찰귀의 몸이 녹아 흩어졌다.

지석은 나찰귀의 손에 붙잡혀 있는 용섭을 봤다. 고통을 못 이긴 나찰귀가 더욱 손을 움켜잡았으니 용섭은 벌써 지옥 서버에서 아웃되었을 텐데, 아직 사라지지 않았다. 그것도 너무 멀쩡해 보였다.

이제 나찰귀의 몸은 다 녹고 용섭을 쥔 손만이 남았다. 곧 그 손도, 용섭도 사라질 위기의 순간에 돌연한 기적이 일어났다. 나찰귀의 손이 활짝 펼쳐지며 손가락이 해자 끝부분에 걸쳐졌다. 예상 못 한 구원을 받은 용섭은 재빨리 기어가 해자를 벗어났다. 나찰귀가 무슨 생각을 한 것인지는 모른다. 단순히 그렇게 프로그래밍되었던 건지, 아니면 이것이야말로 부처의 자비인지.

지석 일행은 나찰귀가 사라진 사원으로 들어갔다. 사원 가장 안쪽의 반얀나무 사이에는 검은색 문이 생겨 있었다. 다음 단계로 이동하는 문이라는 것을 본능적으로 알 수 있었다. 혹여 함정이 있지 않나 경계하며 주위를 둘러보는 지석의 시야에 오싹한 것들이 들어왔다. 무너진 돌담 위에서 수십 개의 눈이 빛을 반사하며 반짝이고 있었다. 괴수라고 여긴 지석은 본능적으로 몸을 움츠리며 뒷걸음쳤다. 자세히 보니 고양이들이었다. 족히 서른 마리는 되어 보이는 고양이들은 하나같이 윤기가 없는 털에 일주일은 굶은 것처럼 수척했다. 저들이 어디서 왔는지 지석은 알 수 없었다. 배경 그래픽이라기에는 필요 이상으로 정교한 디자인이었다. 지석은 한이 서린 것처럼 빛나는 고양이들의 눈을 보며 섬뜩한 상상을 했지만 애써 잊으려 했다.

"형님, 뭘 그렇게 빤히 보세요?"

"아무것도 아냐. 빨리 지나가자."

일행은 문을 열고 장막 같은 어둠으로 들어갔다.

다음 순간, 눈앞에 거대한 감옥 건물이 나왔다. 지옥의 마지막 단계이자 지옥의 본체인 감옥이었다.

"정신없었지만 이제 겨우 연습 모드를 끝낸 셈이네요."

"수경아, 바로 여기가 엄마가 갇힌 곳이야. 황금가면을 조심해. 그자가 예언자야."

수경은 말없이 한 발을 내디뎠다. 세 사람은 철문을 열고 감옥으로 들어갔다. 1층은 이전에 침입했을 때처럼 조용했다. 여전히 개미 한 마리 보이지 않았다. 용섭이 먼저 달렸다. 1차 침입 때도 별 탈 없이 통과했으므로 재현만 하면 될 일이었다. 여기서 시간을 벌고 싶어 했던 용섭은 수십 번 이미지 트레이닝을 한 그대로 지도상의 최단 거리로 뛰기 시작했다. 지석과 수경도 잽싸게 그 뒤를 따랐다. 모퉁이를 세 번 돌고 갈림길을 두 번 지나자 계단이 나왔다. 그렇게 3분 남짓한 시간에 무사히 1층을 돌파했다.

2층에 올라서자 숨이 턱 막힐 것 같은 긴장이 몰려왔다. 이곳에서 출몰했던 예언자 때문에 얻은 끔찍한 통증이 지석의 몸에서 재생되듯 생생하게 느껴졌다. 지석은 자신도 모르게 턱을 감싸며 앞장섰다. 최선의 행동은 최단 루트로 달리는 것이다. 2층의 미로는 달팽이 껍데기처럼 바깥부터 시계방향으로 안쪽으로 돌아 들어가는 구조였다. 목표인 3층으로 통하는 계단은 가장 안쪽 공간에 있으므로 걸어서만 들어가면 긴 시간이 걸린다. 복도만 따라가면 총 길이는 2.5킬로미터, 걸어서는 30분이 걸렸다. 하지만 철창 안쪽 문에서 다른 철창으로 순간 이동할 수도 있다. 이렇게 되면 이 공간의 구조는 아주 복잡하게 꼬이게 된다. 지석이 발견한 최단 루트는 단 3번만 철창문을 열고 이동해 계단으로 가는 길이다. 복도를 쭉 걸어갔을 때보다 3분의 1 이상의 시간을 단축할 수 있어서다.

지석은 자신의 계획대로 곧장 계단 맞은편의 철창문을 열고 들어갔다. 침대가 하나 있고 벽에 세면대와 변기가 붙어 있는 평범한 1인 수감실이었다. 특이하게도 침대 옆의 좁은 공간에 사람 키 높이의 네모난 윤곽이 보였다. 지석이 다가가 벽을 옆으로 밀자 벽이 미닫이문처럼 부드럽게 밀리며 이 수감실과 연결된 다른 수감실로 넘어갈 수 있었다.

수감실 철창문을 열고 나오자 순식간에 최외곽에서 한 겹 안쪽의 복도에 도착했다. 일행은 거침없이 다음 목표물인 수감실로 달렸다. 이와 동시에 모두의 머릿속에 슬금슬금 미래를 예언한다는 체커, 예언자의 존재가 떠올랐다.

'지금쯤 나타날 때도 된 것 같은데.'

예언자가 나타나지 않고 있는 게 감사하면서도 불안했다. 지석은 두 번째 철창문을 열고 다음 수감실로 이동했다. 이제 밖에서부터 두 겹 안쪽 복도에 도착했다. 한 겹만 더 들어가면 목표인 계단에 다다른다. 지석은 문을 열고 나가는 대신 걸음을 멈추고 철창 밖을 살폈다. 세 사람이 2층으로 올라온 직후부터 이곳까지 도달하는 데 걸린 시간은 약 10분이다. 그사이 지석 일행은 마차를 벗어나 지옥 서버를 도보로 이동해 경보가 가는 시간을 늦췄고, 감옥에서도 지름길로 침투하여 시간을 벌었다.

지석은 모든 작전이 조금의 실수도 없이 성공했다고 했을 때도 최대로 벌 수 있는 시간은 10분 남짓이라고 계산했다. 여기까지 오는 데는 여러 행운이 있었으나 곳곳에 위기도 있었다. 따라서 경보가 가지 않았을 리가 없다. 어느 시점부터는 분명히 예언자의 예측 범위에 들어왔을 터다. 사실은 철창문을 나가자마자 예언자와 마주친다는 게 지석이 세운 시나리오였다. 감옥 2층 공략법은 예언자를 유인해 허를 찌르고, 그의 발을 묶어 두는 것이었다. 지금이 예언자를 마주쳐야 할 타이밍이었다. 그럼에도 아무리 복도를 살펴도 예언자의 머리카락 한 올 보이지 않았다. 지석은 덜컥 불안해졌다.

"형님, 열고 나가시죠?"

"예언자가 나올 것 같은데, 안 보이는 게 이상해."

지석은 고개를 흔들어 잡념을 지우려 애썼다. 시나리오대로 안 된다고 사냥감들이 사냥꾼을 기다리고만 있을 순 없는 노릇이었다. 지석은 용기를 내 철창문을 열고는 나갔다. 그것이 실수였다. 왜 철창 위쪽을 살피지 않았던 걸까.

복도로 나오자마자 지석은 자신의 몸 위에 그림자가 드리운 것을 깨달았다. 본능적으로 몸을 낮추며 손으로 머리를 가렸지만 엄청난 통증이 왼손을 관통해 들어왔다.

"형님! 그, 그놈!"

온몸을 검은 후드로 가린 예언자가 천장에서 내려와 복도에 내려앉았다. 마침내 지석은 황금가면과 눈을 마주쳤다. 예언자의 오른손 검지에 연결된 쇠침이 지석의 손등을 관통하고 있었다. 예언자가 지석의 손을 꿴 손가락을 바깥쪽으로 살짝 돌리자 지석은 자신의 팔꿈치 관절이 옆으로 꺾이는 게 느껴졌다. 꼼짝없이 제압당했다.

"후퇴해, 빨리!"

괴로운 와중에도 지석이 목청을 쥐어짜 아직 수감실에 있는 용섭과 수경에게 고함쳤다. 용섭은 말을 듣지 않고 철창문을 뛰쳐나왔다. 시나리오에는 없는 일이었다. 수백 개의 변수를 예상한 지석에게도 돌발 행동이었고, 그럴 때마다 용케도 예언자의 허를 찌르는 데 성공했다. '녀석이 쓸모가 있을 줄이야.' 지석은 살이 뚫리는 고통 속에서도 그런 생각이 들었다.

그에 응답하듯 용섭은 폴짝 뛰어올라 예언자의 황금가면을 자신의 이마로 들이받았다. 예언자의 몸이 뒤로 밀려 벽에 부딪혔다. 지석도 그 순간을 놓치지 않고 쇠침에서 손을 빼냈다. 뚫리는 고통에 비하면 참을 만했다. 그렇게 지석 일행은 자신들이 들어왔던 수감실 문으로 도망쳐서는 한 단계 이전 복도로 빠져나왔다. 다음 시나리오는 나선형 복도를 반시계방향으로 후퇴하며 예언자를 쫓아오게 만드는 것이었다.

시나리오는 늘 어디선가 틀어지는 법. 지석의 등 뒤에서 용섭의 신음이 들렸다.

"으, 형님. 저 다리가 너무 아파서 잘 못 뛰겠어요."

용섭의 다리에는 네 개의 구멍이 뚫려 있었고, 쉼 없이 피가 흐르고 있었다. 예언자에게 잠시 스친 것만으로 치명상을 입은 것이었다.

"진짜 다친 건 아냐. 뇌에 아프다는 신호만 보내고 있을 뿐이야."

"형님, 그러니까 그게 아프다고요."

그러는 동안 복도 끝 철창문이 열리며 예언자가 나타났다. 복도는 어두웠고, 어두운 조명에서는 예언자의 후드가 마치 검은 문어처럼 보여 더 섬뜩했다. 1차 침투 때처럼 예언자가 순식간에 거리를 좁히기 전에 지석이 손을 뻗었다. 그리고 예언자와 그들 사이에 철창으로 된 벽을 만들었다. 하지만 뒤이어 '쾅' 하는 굉음이 울렸다. 다섯 개의 쇠침을 단 예언자의 무시무시한 손이 철창을 세게 붙잡고는 구부리고 있었다. 미래를 내다보는 어마어마한 능력 이상의, 전능에 가까운 힘과 대처 능력도 가지고 있는 모양이었다. 세 명이 동시에 덤벼도 당할 수 없을 듯했다. 벽과 바닥에 딱 맞게 고정되어 있던 철창의 모든 연결부가 엿가락처럼 구부러지고 있는 걸 보면 누구도 짐작할 수 있었다.

"금방 부술 것 같은데요. 그사이에 그냥 안쪽으로 뛰어가요."

용섭과 수경은 일단 뒤돌아 뛰었다. 너무 혼란스러워 이것이 계획이었는지 즉흥인지도 구분할 수 없는 지경이었다. 그들의 공략법에 균열이 생기고 있었음은 확실했다. 예언자는 언제든 그 균열에 손을 넣어 전체 시나리오를 무너뜨릴 수 있는 자였다. 앞서가던 용섭은 금방 걸음을 멈추었다. 코너를 돌자 어느새 예언자가 앞에 나타났기 때문이다. 정말로 눈 깜짝할 사이였다. 놀랄 것도 없었다. 이곳은 지옥 서버였으므로.

"각자 흩어져!"

지석의 말이 끝나기도 전에 예언자는 5미터 거리를 단숨에 좁혀 수경을 공격했다. 수경은 놀라 넘어졌고, 예언자의 쇠침이 수경의 어깨에 꽂혔다. 그 모습을 본 용섭이 다리를 절뚝이면서도 곧장 달려들어 예언자를 막아섰다. 동시에 손을 뻗어 예언자의 얼굴을 향해 날카로운 돌풍을 쏘았지만 통하지 않았다. 바람이 불어오는 방향을 예측한 예언자는 살짝 고개를 움직여 바람을 피한 다음 용섭이 붙잡은 팔을 크게 휘둘러 그를 반대편 벽으로 집어 던졌다. 그러고는 단숨에 용섭의 배에 왼손을 뻗어 다섯 개의 쇠침을 꽂았다. 이 도륙을 지석은 방관할 수밖에 없었다.

용섭은 입에서 피를 토하며 무너졌다. 수경은 잽싸게 아무 철창문을 열고 들어가 도망쳤다. 이렇게 끝나 버렸다.

　이제 복도에는 지석과 예언자만 남았다. 상황이 복잡하게 꼬였지만 지석은 처음 시나리오를 그대로 이행할 계획이었다. 일단 등을 돌린 채 달아나기 시작했다. 금방 붙잡힐게 자명했지만 무슨 수를 짜내서라도 그 타이밍을 늦춰야했다. 지석은 도망치며 바닥을 응시했다. 그리고 돌로 만들어진 앞쪽 바닥을 매끈한 얼음장으로 바꿨다. 도움닫기를하듯 몸을 날려 슬라이딩하자 지석의 몸이 썰매를 타듯 빠른 속도로 복도 끝까지 미끄러졌다. 이때를 틈타 지석은 재빨리 몸을 일으켜 코너를 돌았다.

　마침내 지석은 감옥의 최외곽인 남쪽 복도에 다다랐다. 이 복도가 지석의 시나리오에서 가장 중요한 부분이었다. 유일하게 이곳에만 예언자를 가둘 수 있는 지형지물이 있기 때문이다. 감옥 2층에는 막다른 골목이란 게 없다. 수감실 철창은 잠금장치 없이 언제나 여닫을 수 있고, 수감실 안쪽 문을 열고 들어가면 전혀 다른 수감실로 나올 수 있다. 이 구조를 이용해 복도가 막히거나 철창 안에 갇혀도 어디로든 자유자재로 이동할 수 있다. 즉, 이곳은 닫힌 구조이면서도 열린 공간, 감옥이면서도 아무도 가둘 수 없는 공간인 셈이었다. 그런데 초기 설계의 착오 때문인지 남쪽 복도 끝에만 사방이 벽으로 된 가로세로 1제곱미터의 공간이 존재했다. 지석은 거기로 예언자를 유인해 자신의 능력으로 벽을 만들어 가둘 계획이었다.

목표 지점인 복도에 도착한 지석이 뒤를 돌아봤을 때였다. 예언자는 서두를 것 하나 없다는 듯 지석을 똑바로 보며 천천히 걸어오고 있었다. 도망칠 곳은 없다. 오직 자신의 힘으로 놈을 벽 끝까지 밀어붙여야 한다.

19

엄밀히 말해 대체현실 속에서 지석이 체커로서 가진 능력은 싸움에 도움이 되는 종류는 아니었다. 공간 오류는 공격보다는 방어에 가까운 기술이다. 예언자와 1대 1로 마주친 지석은 움츠러들 수밖에 없었다. 지석은 자신이 짜낼 수 있는 최선의 수를 떠올렸다. 천장의 조명을 떨어뜨려 황금 가면을 벗기고, 그가 당황하는 사이 몸을 날려 벽까지 밀어붙이는 건 어떨까?

지석은 예언자와 자신 사이에 놓인 전등 연결 부위를 응시했다. 하지만 예언자의 능력치는 그의 예상을 훨씬 비껴갔다. 살짝 눈동자를 굴렸을 뿐인데, 그다음 순간 목을 와락 감싸는 금속의 느낌이 전해졌다. 예언자가 금방 달려와 지석의 목을 잡고 철창으로 밀어붙인 것이다. 숨이 턱 막히며 등에서 통증이 느껴졌다. 운이 없게도 첫 침투 때와 정확히 똑같은 자세다. 지석의 발은 족히 땅에서 20센티미터가량 들렸다. 예언자는 오른손으로는 지석의 목을 잡고, 왼손의 쇠침으로는 지석의 얼굴을 겨눴다. 양손으로 예언자의 왼손을 붙잡으며 간신히 버티는 중이었다.

"서문담 씨…… 당신, 미래가 보여? 정말로? 그럼 수경이 엄마를 처음 이곳에 처넣을 때부터 이 순간이 보였나?"

역시나 예언자는 아무 말이 없었다. 대신 지석의 갈비뼈 아래쪽으로 왼손 검지의 쇠침을 쑤셔 넣었다. 지석이 안간힘을 썼지만 쇠침은 더 천천히 들어감으로써 일부러 더 큰 고통을 주려는 듯 지석의 장기를 들쑤셨다. 말 그대로 내장이 찢어지는 고통이 지석의 척추를 타고 올라와 온몸을 전율시켰다. 고통 속에서도 오기 때문인지 준비도 안 한 말이 제멋대로 튀어나왔다.

"우, 우린 5층으로 올라갈 거야. 너희가 만든 것 전부 지워 줄게. 이 더러운 사업 망하게 해 줄게."

여전히 아무 답도 들을 수 없었다. 대신 복도 끝에서 누군가의 고함이 메아리쳐 왔다.

"너, 거기 그대로 서 있어!"

지석이 고개를 돌려 바라보니 코너를 돌아 복도 끝에 용섭이 배를 움켜잡은 채로 서 있었다. 바지는 온통 피로 흥건했다. 어떻게 아직 서버에 남아 있는지 용할 정도였다. 용섭은 천천히 손을 올렸다. 지석은 용섭을 보고 있는 예언자의 왼손 검지가 멈추었음을 느꼈다. 쇠침이 그 이상 자신의 내장을 파고들지 않았다. 힘도 조금 느슨해졌다. 지석은 다음 순간에 무슨 일이 일어날지 직감했다. 과정은 다소 지저분했지만, 마땅히 전개되었어야 할 시나리오였다.

"형님. 어쨌든 지금 시나리오대로 가고 있는 거 맞죠?"

용섭이 안간힘을 짜내 말했다.

"맞으니까 망설이지 마!"

지석은 손을 뒤로 뻗어 힘껏 쇠창살을 잡았다. 뒤이어 엄청난 돌풍이 복도를 관통해 왔다. 예언자의 넓은 후드가 바람의 힘을 고스란히 받았고, 예언자는 중심을 잃고 바닥을 굴렀다. 간신히 버틴 지석은 복도 끝에 널브러져 있는 예언자를 목격했다. 정확히 지석이 의도한 위치였다. 지석은 이때를 놓치지 않았다. 얼른 손을 뻗어 예언자 앞에 두꺼운 벽을 만들어 냈다. 이로써 예언자는 사방이 벽으로 둘러싸인 공간에 갇히게 되었다.

물론 예언자가 결국에는 벽을 부수고 나올 게 분명했다. 하지만 최단 루트를 전부 알고 들어온 지석 일행에게는 몇 분의 시간을 버는 것으로도 충분히 승산이 생겼다. 지석은 몸을 돌려 용섭을 봤다.

"빨리 3층으로 가자!"

하지만 용섭은 풀썩 쓰러져 버렸다.

"형님. 먼저 가요. 저놈 나오면 제가 1초라도 시간 끌 테니까."

고민은 사치다. 지석은 용섭의 말이 끝나기도 전에 혼자 달리기 시작했다. 철창문을 열고, 수감실을 통과한 뒤, 다음 복도로 나오기를 반복했다. 그리고 드디어 외벽으로부터 세 겹 안쪽에 있는 복도에 도착했다. 수경이 미리 와 기다리고 있었다. 둘은 말없이 앞을 향해 달렸다. 그 복도 끝에 3층으로 올라가는 계단이 있었다.

계단을 오르자 지금까지와는 전혀 다른 풍경이 펼쳐졌다. 감옥의 1층과 2층이 쇠로 된 철창과 벽돌로 이루어진 중세의 감옥이었다면, 3층은 현대적이고 세련된 연구실 같았다. 지석과 수경은 좌우를 살피며 흰 조명의 흰 복도를 지나 갈림길에 섰다. 수경은 갈림길 왼쪽으로 들어갔고, 지석도 수경의 뒤를 따랐다.

곧이어 벽면을 따라 아크릴 유리로 막힌 수십 개의 수감실이 배치된 넓은 복도가 나왔다. 진짜 죄수들이 갇힌 공간이자 백철승이 그토록 자랑했던 지옥 서버의 핵심이 분명했다. 지석의 발걸음이 자연히 느려졌다. 유리 너머로 본 죄수들의 모습 때문이었다. 지옥 1, 2단계에서 만난 악마와 괴물들이 한낱 장난으로 느껴질 정도였다. 눈꺼풀이 없어져 얼굴 전면에 커다란 안구가 그대로 드러난 죄수들이 수경과 지석을 숨죽여 지켜봤다. 단지 겁에 질렸다는 말은 어울리지 않는다. 이 세상의 표현으로는 설명할 수 없는, 저세상의 그것이었다. 지석은 백철승이 말했던 바늘 고문을 떠올렸다. 집요하게 반복된 고통과 공포가 그들의 정신마저 집어삼킨 것 같았다.

참회를 넘어 자신이 세상에 태어난 것을 저주하고, 그것도 지나 이 세상이 존재한다는 자체를 저주하는 듯한 표정의 영혼들이었다. 누군가는 온통 피로 물든 손을 계속 깨물고 있었고, 누군가는 쉴 새 없이 혼잣말을 중얼거리고, 누군가는 벽에 머리를 박거나 물구나무를 서려고 했다. 일부는 널리 알려진 흉악 범죄자들이었으나 일부는 민혜주처럼 백철승의 계획에 실험용으로 희생된 범죄자들로 보였다. 이들이 그래픽으로 만든 허상이 아니라 지석과 같은 세상에서 같은 공기를 마셨던 존재들이었다는 사실이 지석을 두렵게 했다.

완영순도 발견할 수 있었다. 눈 생김새가 변해 인상은 달라졌지만 특이한 두상 때문에 알아볼 수 있었다. 완영순은 차렷 자세로 바닥에 몸을 눕힌 채 기묘하게 고개만 옆으로 틀어 지석을 바라보았다. 진작에 영혼이 텅 비어 버린 듯한 그와 눈이 마주친 순간의 감정을 어떤 말로 표현해야 할까? 그는 살아서 잔혹한 범죄를 저질렀고, 죽은 뒤에는 더 잔혹한 상상력을 가진 이에게 붙잡혀 지옥을 경험하는 중이다. 그렇다면 등가교환이라고 할 수 있을까? 지석은 고개를 흔들어 잡념을 떨쳤다. '이럴 때가 아니야.'

"수경아. 빨리 4층으로 가야 해. 어서!"

지석이 바라본 수경은 어느새 시야에서 사라졌다. 한참 뛰어다니며 찾은 끝에 한 복도에서 수경을 발견할 수 있었다. 수경은 한 수감실의 아크릴 문 앞에 앉아 있었다. 이 상황에서 바닥에 주저앉아 있다니. 지석은 믿을 수 없었다.

"홍수경. 일어나! 4층으로 가는 계획은 네가 세웠잖아! 예언자가 금방 쫓아올 거라고."

수경은 아무 대답이 없었다. 옆에 와서야 지석은 이유를 알 수 있었다. 수감실 안에는 민혜주가 있었다. 둘은 아크릴 판을 사이에 두고 서로의 눈을 멍하니 들여다보고 있었다. 포획 틀에 갇힌 두 마리의 불쌍한 너구리처럼.

하지만 해야 할 일이 있다. 끝내 두 사람을 구원할 일. 지석은 서둘러야만 했다.

"엄마를 얼마나 찾았는지 알아. 하지만 지금은 너만이 할 수 있는 일이 있어. 우리는 빨리 길을 찾아야 해!"

"계단을 찾는 거라면 안쪽에 있어요."

대답한 건 수경이 아니었다. 예언자도 아니었다. 뜻밖의 목소리의 주인공은 백철승이었다.

"당신이 여기에 왜……."

"경보를 보냈잖아요, 지석 씨가. 나에게 여기로 와 달라는 뜻으로 이해했는데? 그래서 사무실로 돌아와 바로 접속했어요. 대단한 침투 작전을 벌였다고 자랑하고 싶었나?"

지석이 한 번 더 놀란 것은 자신의 몇 걸음 뒤에 예언자가 서 있었기 때문이다. 언제 벽을 뚫고 빠져나온 건지는 궁금하지도 않았다. 다리에 힘이 풀렸다. 더는 싸울 기력이 없었다. 몰려오는 것은 오직 절망과 후회뿐이었다. '거의 다 왔다고 생각했는데. 특별한 함정이 없는 3층과 4층을 재빨리 지나쳐 5층으로 가는 길은 쉬울 줄 알았는데.'

마지막 단계에서 수경의 어이없는 행동 때문에 일을 그르치고 말았다. 이 지경인데도 수경은 꼼짝도 안 한 채 앉아만 있다. 지석은 수경의 태도에 치가 떨렸다.

"홍수경! 너, 바보야? 지금 엄마랑 눈물의 상봉이라도 하는 거야? 얼른 위층으로 가야 엄마를 구할 수 있다고!"

지석이 할 수 있는 건 수경을 원망하는 일밖에 없었다.

"저기, 지석 씨. 차분해져요. 우리가 여기 모인 건 다소간의 오해 때문인 것 같아요. 확실히 말하지만 전 원칙을 어긴 적이 없습니다. 완영순 사건으로 지옥 서버를 공개하기 전에 테스트 삼아 먼저 들어온 죄수들은 있었어요. 그건 인정할게요. 완영순 같은 악명 높은 범죄자가 아니라고 해도 그들은 분명 범죄자예요. 적법한 절차에 의해 유죄 판결을 받은 죄수들이라고요."

"닥쳐. 설명해 달라고 한 적 없어."

지석은 자신을 회유하는 백철승의 말을 끊었다. 영리한 백철승은 몸을 한쪽으로 비킨 뒤, 열려 있는 문을 가리켰다.

"아직 싸우는 중이라 이거죠? 지석 씨가 찾던 4층으로 통하는 계단은 저 안에 있어요. 괜찮아요. 예언자는 아직 당신 등 뒤에 있으니, 계획한 대로 원 없이 해보세요."

그 말에 지석은 어금니를 빠득 깨물었다. '역시 사람 보는 눈은 틀리지 않았네.' 이 상황에서까지 사람을 놀리는 저 여유로운 태도라니.

진심으로 증오스러운 녀석이었다.

"백철승, 넌 이게 장난으로 보이냐? 잘 봐. 내가 끝까지 포기하나."

지석은 열린 문을 향해 달려갔다. 빤한 결말이 눈에 보였다. 예언 능력이 없어도 알 수 있었다. 하지만 선택지가 없는 지석은 달릴 뿐이었다. 이것이 마지막 오기였다. 몇 걸음도 떼지 못했을 때, 다섯 개의 쇠침이 등에서부터 자신의 몸통을 꿰뚫고 들어왔다. 가슴팍을 내려다보자 대나무순처럼 피부를 뚫고 솟아오른 쇠침의 끝부분이 보였다. 주요 장기를 관통한 게 분명했다.

지석은 그대로 바닥에 쓰러졌다. 차라리 안도감이 들었다. 실패로 끝났어도 어쨌든 지옥 순례는 종료되었다. 밖에서는 시간이 얼마나 지났으며 남은 일들은 어떻게 수습해야 할까 생각하다 지석은 이내 눈을 감았다.

이상했다. 어째서인지 접속이 종료되지 않았고, 지석은 여전히 감옥의 찬 바닥에 남아 있었다. 분명 생명을 잃을 정도의 치명상을 입었다. 시스템대로라면 접속이 종료되었어야 맞다. 지석은 다시 눈을 떴다. 지옥 서버를 관통하면서 느꼈던 작은 의구심 하나가 불쑥 솟아올랐다. 그러자 상황이 전혀 다르게 인식되기 시작했다. 입안에 고인 피로 인해 말할 때마다 예리한 고통이 전해졌지만 꾹 참고 천천히 입을 열었다.

"당신, 예언자. 하나만 대답해. 당신 눈에는 이렇게 될 결

말이 보였어?"

그러자 예언자가 처음으로 대답했다. 예상대로 서문담이었다.

"지옥 서버에 접속한 순간부터 내가 본 미래는 이 장면 하나였어. 여기서 너희가 전부 찔려 죽는 거. 미안하지만 한 순간도 너희의 작전이 통한 적은 없어."

"그렇겠지. 서문담 씨. 당신 능력은 대체현실 속에서만 유효하니까."

지석은 '킥킥' 헛웃음이 나왔다.

"사실 나 아까부터 이상했거든. 용섭이나 나나 분명히 죽을 만큼 찔렸는데 계속 서버에 있는 거야. 처음에는 그게 외부 요인 때문이 아닐까 의심했거든. 우리가 이 작전을 준비하면서 최면술사라는 희한한 놈을 만났는데, 그가 깨어나지 않는 약물도 취급한다고 해서."

"도지석 씨. 무슨 멍청한 얘기예요?"

지석은 힘겹게 몸을 웅크려 신발을 벗었다. 그리고 벗은 신발을 수경의 뒤통수를 향해 던졌다. 신발이 닿는 순간, 수경의 형체는 사라졌다. 백철승과 예언자는 여전히 이해 못하는 얼굴이었다.

"저건 허상이야. 너희를 낚으려고 만든 가짜 이미지야. 이래도 모르겠어? 수경이 계획은 이곳에서 펼쳐진 게 아니야. 그러니까 예언자도 읽지 못한 거지. 걔는 한참 전에 벌써 서버 밖으로 나갔어! 백철승 당신이랑 우리만 여기서 깨어나지 못하고 있단 말이야!"

백철승도 이상함을 느꼈는지 표정이 굳어졌다. 그는 자신의 귀를 만졌다. 거기 강제 종료장치가 있는 듯했다. 하지만 뭔가 생각과 다른지 점점 표정이 어두워졌다. 그제야 자신이 만든 지옥 서버에서 자기 뜻대로 나갈 수 없는 상황임을 깨달은 것이다.

"약물이야. 수경이가 약물로 우리를 깨어나지 못하게 마취시키고, 지옥 서버에 가둔 거야. 그거 알아? 백철승! 당신이랑 우린 지금 같은 건물에 있어."

"내가 잠든 사이에 내 사무실로 쳐들어올 거란 말이지?"

백철승은 크게 한숨을 내쉬더니 이내 체념하는 얼굴이 되었다. 그러고는 지석처럼 바닥에 엉덩이를 대고 주저앉았다.

"사무실 컴퓨터를 모조리 부숴도 데이터는 남아. 그리고 민혜주의 뇌는 여전히 우리 소유지. 지금 내가 걔라면 제일 단순하고 빠른 방법을 쓸 거야. 그게 너희가 5층을 점거하는 것보다 더 확실한 방법이지."

"……."

"이제 그 계집애가 날 죽이겠네."

백철승은 자조하듯 웃으며 말했다.

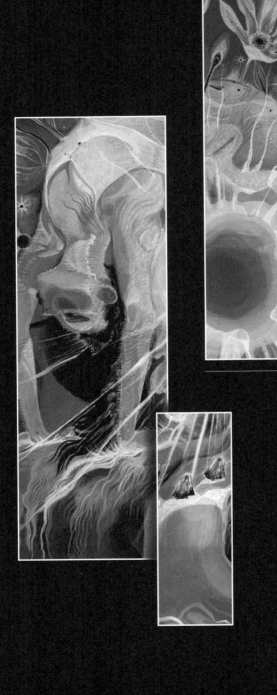

5장

신은 죽었는가

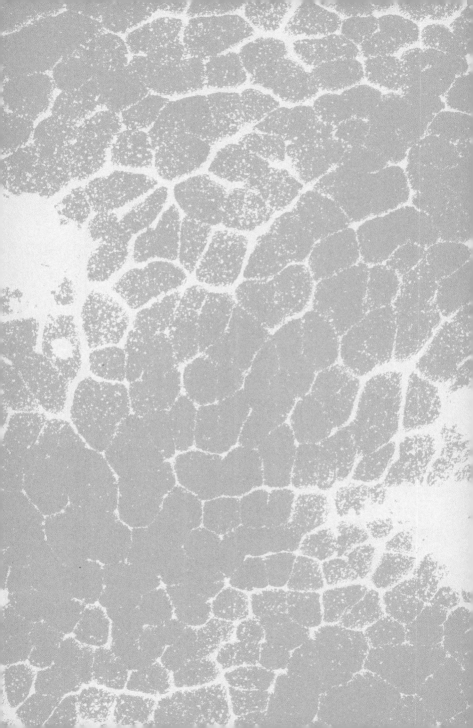

수경은 엘리베이터 안에 있었다. 56층으로 올라가는 내내 망치를 쥔 손에 힘을 줬다. 비상 상황을 대비하여 건물에 비치해 둔 망치였다.

수경은 감옥에 갇힌 엄마를 확인한 직후 지옥 서버에서 깨어났다. 차근차근 신중하게 준비해 온 작전이었다. 가장 먼저 지석도 모르게 최면술사와 접촉해 약물을 의뢰했다. 지석은 자신이 나누어 준 돈이 이렇게 쓰일 걸 예상이나 했을까? 수경은 용섭에게 대체현실에 중독된 이들일수록 강력한 약물을 선호한다고 들었다. 웬만한 자극은 그들을 흥분시키지 않으니 더 깊이 잠들어 더 강력히 즐기고 싶어 했다. 수경이 최면술사에게 부탁한 것은 무려 10인분에 해당하는 지속 약물과 그것을 기체로 흡입할 수 있게 하는 기화 장치였다.

작전이 시행되는 오늘, 수경은 깜빡 잠드는 바람에 약속 시간에 아슬아슬 도착한 게 아니었다. 1차 침투 때 기지로 이용했던 공간을 한 번 더 빌렸다. 사무실 창고에 들어가서는 재빨리 기화 장치를 작동시키고 미리 준비한 소형 컴프레셔로 약물 가스를 벽 너머로 보냈다. 관리가 안 되는 공간이라 1차 침투 때 드릴로 뚫었던 구멍은 메워지지 않은 채였다. 기체가 통과하기에는 너무나 충분했다. 대표실이라고 해도 6평 정도인 백철승의 집무실은 그렇게 약물 가스로 천천히 채워졌다. 이 정도 양이면 적어도 몇 시간은 효력을 발휘할 것이었다.

준비가 완료된 다음 수경은 서둘러 지석 일행과 합류했다. 백철승을 해하는 것만이 목표라면 작전은 훨씬 단순해졌을 것이다. 하지만 수경은 그 전에 꼭 확인해 보고 싶었다. 엄마는 진짜로 지옥 서버에서 고통받고 있는지를. 자신으로부터 이 모든 일이 시작되었지만 수경의 눈으로 본 적은 없다. 그래서 끝까지 갈등했다. 수경에게 지옥 서버를 통과하는 여정은 마지막으로 엄마가 그곳에 있는지를 확인하기 위함이었다.

처음 차길영으로부터 엄마가 지옥 서버에서 끔찍한 고문을 당하고 있다는 이야기를 들었을 때, 수경은 당연히 엄마는 무고하고 억울하게 끌려갔다고 생각했다. 그런데 엄마가 정말로 사람을 죽였다니……. 자신은 살인범의 딸이 되는 것이다.

그래서 엄마가 범죄자였다는 사실을 알았을 때 모든 걸

포기하고 싶었다. 그것이 솔직한 심정이었다. 죄를 저질렀으면 벌을 받아야 마땅하니까. 하지만 지석이 보낸 사건 기록을 보며 마음을 바꾸었다. 이치가 아닌 감정이 수경을 더 크게 지배했다. 엄마는 자신이 아닌 딸을 지키려 했다. 딸을 지키기 위해 내린 엄마의 결단은 미숙하고 폭력적이었지만 정당했다. 수경은 엄마의 결단 안에서 엄마에 대한 부채감과, 그리고 사랑을 느꼈다.

엄마에게 세상이 이처럼 가혹해선 안 된다. 그럼 내 손으로 엄마를 괴롭히는 자들을 처단하면 어떨까 생각하게 되었다. 물론 엄마가 그 자리에 없기를 바라는 일말의 희망도 품었다. 죄를 저지르고 싶지 않았으니까. 수경은 이미 길을 잃어버려 딸조차 못 알아보는 엄마의 눈동자를 본 순간 느꼈다. 이 일은 평화롭게 끝낼 수 없을 지경까지 오고야 만 것이었다.

엘리베이터에서 내린 수경은 망설임 없이 아비치 게임즈의 유리문을 향해 망치를 휘둘렀다. 금이 '쩍' 갔지만 쉽게 부서지지는 않았다. 수경은 포기하지 않았고, 결국 출입문을 열었다. 약물 가스가 제대로 먹혔는지 백철승은 곤히 잠들어 있다. 동시에 지옥 서버에 갇혀 있다.

그 시간, 지옥 서버에 있는 지석은 여전히 몸을 웅크리고 통증과 싸우고 있었다. 수경은 지석과 용섭보다 한발 앞서 지옥 서버 접속을 강제 종료한 후, 자신을 저지하지 못하도록 동료들에게도 손을 써 놨다. 백철승에게 주입한 약물은 8인분, 남은 2인분은 지석과 용섭에게 투여했다. 가장 혼란을 느끼는 이는 예언자 같았다. 어째서 자신이 예언할 수 없었던 일이 실제 세계에서 벌어지고 있는지 혼돈스러울 것이다. 반면, 백철승은 모든 상황을 받아들인 듯 체념한 얼굴이었다.

"도지석 씨. 내가 죽더라도 이 얘기는 꼭 기억해 줬으면 해. 내가 범죄 피해자들한테 공감한다고 말했을 때 말이야. 당신은 내가 가식을 떤다고 생각했겠지만 그건 진짜였어. 그런 빌어먹을 짓을 당했다고. 고등학교에 다닐 때, 아르바이트를 했거든. 당신은 내가 태생부터 부잣집 아들로 고생한 번 안 하고 지금 이 자리까지 온 줄 알지만 나도 헬도천 출신이야. 존나게 노력해서 지금의 자리에 온 거지. 아무튼 열심히 일하는 내가 기특하다면서 시급을 더 챙겨 주는 사장이 있었거든. 형이라고 부르라면서."

거기까지 말한 백철승은 잠시 뜸을 들이다 혼잣말처럼 읊조렸다.

"내가 왜 그놈 집에서 술을 먹었을까."

"그만해! 더 말하지 마!"

예언자, 아니 서문담이 날카롭게 소리쳤지만 백철승은 고개를 내저었다.

"다 끝났어. 늦었어. 담이 너도 내 말 들어. 내가 그때 제일 역겨웠던 게 뭔지 알아? 그놈한테 더러운 일을 당한 게 아니었어. 내가 그놈하고 웃으면서 헤어졌던 거야. 나는 대학에 가야 했고, 돈이 필요했고, 그놈은 나한테 돈을 줬고. 그래서 아무 일이 없어야 해서 경찰에 신고도 못 했어. 그게 너무 수치스러워."

지석은 입이 다물어지지 않았다. 자신이 예상했던 이야기는 이런 게 아니었다. 백철승도 지석의 반응에 알 만하다는 표정을 지었다.

"왜? 넌 이게 돈 많은 놈의 장난처럼 보였어? 단순히 재미를 위해서? 아니면 내 이야기를 듣고 나니 복수하고 싶어서? 도지석 씨. 나는 그놈을 평생 찾아보고 지켜봤다. 그 새끼는 여러 번 똑같은 짓을 하다가 누군가 신고하겠다니까 자살해 버렸어. 인공 사후세계로 도망친 거지. 거기서는 살아생전의 죄를 묻지 않으니까, 돈만 냈다면. 그럼 그놈이 어느 사후세계로 들어갔는지 내가 몰랐을까? 거길 인수해서 그놈을 잡아 놓고 죽도록 고문하고 싶지 않았을까? 인간이라면 당연히. 하지만 난 그러지 않았어. 그놈은 재판도 판결도 안 받았지. 왜냐하면 내가 세운 기준에 맞지 않으니까. 이 일은 결코 개인의 사적인 감정을 갖고 하는 게 아니야. 그런데 도지석 씨, 당신은 그럴 수 있어? 당신이 나라면 그에게 해코지 안 할 자신이 있어? 당신한테 그런 짓을 한 새끼를 용서할 수 있어?"

지석은 아무 말도 할 수 없었다. 지옥 서버의 밑바닥에 와서 뒤늦게 깨달은 것은 하나였다. 사람은 불가해하다. 조용히 극단적인 일을 준비한 수경도, 지옥 서버의 정당성을 얻고자 가해자를 용서한 백철승도 자신이 처음 생각했던 부류의 사람이 아니었다. 지금 지석은 아무것도 이해할 수 없었다. 애초에 자신은 무슨 자신감으로 저들을 잘 안다고 믿고 이 일을 벌인 걸까?

"넌 내가 지옥 서버를 만들 자격이 없다고 여겼겠지? 나는 내가 당한 범죄의 가해자도 용서했어. 그런 내가 뭘 더 증명해야 해? 제일 거만하고 역겨운 놈은 너야. 날 어떻게 생각하는지 처음부터 빤히 보였어. 오만하고 편협하고 제멋대로 남을 단정하는 새끼. 그게 바로 너야."

지석은 반박할 수 없었다. 그 말은 너무나 사실이었기 때문이다.

지석이 한참 만에 고개를 드니 백철승과 예언자는 어느새 사라지고 없었다. 이제 이 지옥 서버에는 지석만이 남았다. 지석은 만신창이가 된 몸을 이끌고 민혜주의 수감실로 다가갔다. 밖에서는 엄청난 일이 일어나고 있다. 곧 이 '죄악의 성'도 무너져 내릴 것이다. 그러고 나면 완영순도 민혜주도 완전히 소멸된다. 그러기 전에 최후의 목격자로서 제 역할을 해야 한다고 생각했다. 민혜주는 멀리서 봤을 때보다 더 심하게 겁먹은 상태였다. 초조하게 입술을 움직이며 뭔가를 말했다.

"미안해요. 미안해. 죄송합니다. 제가 겨울옷이 없어서 그랬어요. 미안해요."

민혜주는 끊임없이 같은 말을 되풀이했다. 그게 뭘 의미하는 건지는 알 수 없었다. 백철승에 따르면 지옥 수감실 벽은 스크린이 되어 수감자가 자신의 범죄를 계속 볼 수밖에 없다. 혹여나 눈 돌리지 못하게 눈꺼풀까지 투명한 것으로 설정하면서. 고통의 근원을 자신의 과거에서 찾고 반성과 사과를 하도록 강요하는 시스템이었다.

지석은 민혜주의 사건 기록을 떠올렸다. 영하 20도까지 떨어진 한겨울에 일어난 일이었다. 민혜주의 붕괴된 머릿속에선 살인 기억이 뒤죽박죽되어 재생되고 있는 듯했다. 그녀는 지석의 접속이 종료될 때까지 맹목적으로 "미안해, 미안해"라는 말만 반복했다.

잠시 후, 지석은 현실 세계로 돌아왔다. 지석은 간단하게 현장을 수습한 뒤에 아직 정신을 못 차리고 있는 용섭을 데리고 조용히 건물을 나섰다. 건물 앞에는 경찰차와 구급차가 있었다.

다음 날, 세상이 뒤집힌 건 당연했다. '전도유망한 IT 사업가가 살해당했다'라는 헤드라인으로는 사건을 반에 반도 설명할 수 없었다. 어젯밤, 수경이 백철승 혼자 있는 아비치 게임즈 본사로 쳐들어갔다. 그리고 지옥 서버에서 깨어나지 못하고 있는 무방비 상태의 백철승을 흉기로 열 번이나 내리쳤다. 지석은 마지막 순간에 수경이 마음을 꺾고 범행을 포기하기를 바랐건만 반전은 일어나지 않았다. 수경이 사용한 흉기는 사무실 안에 있던 날카로운 송곳이었다. 그것으로 백철승의 왼쪽 가슴을 마구 찔러 결국 그의 심장에 돌이킬 수 없는 손상을 가했다.

백철승이 병원으로 옮겨졌을 때는 이미 손을 쓸 수 없는 상태였다. 사건 현장에 있던 수경은 그대로 체포되었다. 수경의 계획을 전혀 몰랐던 용섭은 왜 자신에게 이야기해 주지 않았냐며 펄펄 뛰었다. 용섭은 한참이 지나서야 깨어나 현실 세계로 돌아올 수 있었으므로 그사이 수경의 일은 상당 부분 진척되었다.

수경의 범죄는 지석 일행이 벌인 지옥 서버 침투 작전의 연장이었지만 누구도 그 사실을 간파하지 못했다. 체포된 이후로 수경은 단 한마디도 하지 않았다고 한다. 관련자 모두가 굳게 입을 닫은 것은 물론이었다. 성태우는 예정대로 출국했고, 어디서도 그를 찾을 수 없었다. 이해할 수 없는 건 서문담이었다. 마음만 먹으면 수십 가지 이유로 지석 일행을 고소하고도 남을 텐데 어째서인지 아무 대응이 없었다. 백철승 장례 이후 칩거 중이라는 소식만 전해졌다. 뉴랜드 입주비를 완납한 백철승은 뉴랜드에 들어갔다고 알려졌다. 지상에서의 영광은 끝났지만 안락한 사후세계가 그를 기다리고 있었다. 수많은 사람이 백철승의 죽음을 추모했고, 그 슬픔의 열 배나 되는 분노로 홍수경을 저주했다. 살인자가 된 살인자의 딸. 그것이 조금도 의심할 여지가 없는 인과였다.

　최종적으로 모두의 관심은 지옥 서버와 거기 있던 흉악
범들은 어떻게 되느냐로 모였다. 창립 멤버 세 명 중 한 명
은 죽고, 한 명은 사라졌고, 한 명은 칩거 중이니 정상적으
로 회사가 돌아갈 리 없었다. 아비치 게임즈는 한 달간이나
아무런 반응도 하지 않았다. 지옥 서버 맹신자들은 사이트
를 개설해 지옥 서버 유지를 위한 모금 운동을 벌였다. 하지
만 얼마 후에 회사 지분의 절반을 가지고 있는 서문담이 공
동대표 자격으로 지옥 서버를 정지하고 모든 것을 원점으
로 되돌리겠다고 선언했다. 서버 데이터는 전부 지우고, 투
자자들에게도 투자금을 전부 반환하겠다고 발표했다. 서버
안에 있던 범죄자들의 자아 뉴런은 그들이 원래 존재하던
사설 사후세계 회사 소유로 돌아가 이후 경매가 진행될 예
정이었다. 지옥 서버에서 겪은 고문들은 그들의 기억 데이
터에서 지워졌다고 했지만 진위는 알 수 없었다.
　"이번 사건을 통해 저는 지옥 서버가 시행되기에는 아직
우리 사회가 충분한 논의를 거치지 못했다는 결론을 내렸
습니다. 아비치 게임즈는 피해자의 슬픔을 대변하려 했습
니다. 하지만 가해자를 비롯하여 유가족의 심경을 충분히
헤아리지 못했습니다. 이번 일로 상처를 받으신 분들에게
사과를 전합니다."
　기자회견장에서 서문담은 눈물까지 글썽였다. 온통 검은

색 옷에 화장기 없는 모습이었지만 오히려 청초함이 도드
라졌다. 그날 서문담이 입은 옷과 착용한 액세서리는 곧바
로 품절되었다. 정작 가장 중요한 사실은 교묘하게 빠져 있
었다. 민혜주가 대중은 물론 유가족에게도 알리지 않고 마
구잡이로 지옥 서버에 감금당한 '희생자'라는 사실이다. 지
석은 사람들이 민혜주 사건의 진실을 알게 된다면 다른 반
응을 보였을 거라 확신했다. 하지만 수경이 입을 닫아 버렸
으니 방법이 없었다.

"형님, 억울해서 안 되겠어요. 우리 1인 시위라도 해요.
네!?"

용섭은 아직 다 회복되지 못한 몸을 이끌고 당장이라도
밖으로 나갈 기세였다. 지석이 그를 제지했다. 섣불리 의견
을 표출했다가 대중의 제물이 되고 싶진 않았기 때문이다.
대신에 익명의 웹페이지를 개설하고 아비치 게임즈가 범죄
자를 선별한 과정에서의 의혹과 민혜주의 살인에 관한 진
실을 소상히 적었다.

지석의 판단은 적중했다. 이 사이트는 폭발적인 반응을
끌었다. 다만 정반대의 의미에서. '거짓 선동하는 너를 지옥
서버에 보내 찢어 죽이겠다', '네놈 부모가 살인범이라서 변
호하는 거냐', '홍수경과 공범인 것 같다'는 등의 비난 메시
지가 쇄도했다.

이에 방법을 바꾸기로 결심한 지석은 수소문 끝에 수경
의 국선 변호인을 찾았다. 변호사에게 수경의 사연과 자신

의 생각을 전하며 법정 증인을 자처했지만 기대하는 답은 돌아오지 않았다.

"재판장에서 다른 사람의 회사에 잠입해서 범죄행위를 했다고 고백하겠다고요? 수경이 형량 1년이라도 줄이고 싶으면 제발 가만히 있어요. 나대지 말고."

가뜩이나 수경의 침묵 때문에 변호사도 난감하고 짜증 나는 상황이었다. 유일한 전략은 민혜주가 그랬듯 수경도 생활이 불우하고, 그로 인해 사회성이 부족하니 선처해 달라고 호소하는 것이었다. 지석이 할 수 있는 일이라곤 수경의 재판 일정을 확인하는 게 전부였다. 수경은 끝까지 한마디도 하지 않을 모양인 듯했다.

그러는 동안 지석도 조금씩 일상을 되찾았다. 완전히 건강을 회복한 용섭과 다시 의뢰를 맡았다. 가끔은 맛있는 음식도 사 먹고 친구도 만났지만 가슴의 답답함은 어쩔 수 없었다.

하루는 바이크로 도천대로를 달리다 아비치 게임즈가 있는 빌딩을 보고 충동적으로 방향을 틀었다. 거기에는 서문담이 있었다. 지석을 기다리고 있었던 것처럼 기묘한 우연이었다. 서문담도 지석을 발견하고는 살짝 웃으며 인사했다.

"오랜만이네요."

"아, 안녕하세요."

지석은 서문담을 대하기가 영 어색했다. 자신에게 서문담은, 그리고 서문담에게 자신은 어떤 사람인지 도무지 정의할 수가 없었다. 몇 달 사이에 자신이 처음 생각하고 확신했던 것과 전혀 다른 진짜 모습을 지닌 사람들을 여러 명 봐 왔던 터라 서문담이 어떤 사람인지 정의 내릴 수가 없었다. 낯선 환경에 어색해하던 지석에게 친절을 베풀었던 서문담, 지옥 서버에서 지석의 턱을 뚫어 버린 잔혹한 예언자 서문담, 또 지석이 원인을 제공한 사건으로 남자친구를 잃은 서문담. 정작 서문담은 덤덤해 보였다. 지옥 서버에서의 일을 기억에서 모조리 지운 사람처럼.

"요즘 어떻게 지내요?"

"네, 뭐. 이전이랑 똑같죠. 아비치 게임즈는요?"

"게임 회사니까 이제 게임 만들어야죠. 프로젝트 여러 개 론칭했어요."

잠시 침묵이 이어졌다. 지석이 먼저 침묵을 깨뜨렸다.

"혹시 말입니다. 그때 백철승 대표가 마지막으로 했던 말이요, 그게……."

"그게 사실인지 궁금해요? 설마 죽기 직전에 거짓말할까요. 전 다 극복했길 바랐어요. 겉으로는 괜찮아 보였는데 아니었나 봐요."

거짓말로 들리지는 않았지만 어쩐지 지석은 알 수 없는 오싹한 기운을 느꼈다. 그리고 머릿속에 근거도 없는 가설을 하나 세웠다. '지옥 서버의 모든 일을 기획했던 사람은 백철승이 아니라 서문담이 아닐까?' 서문담이 불안정한 백철승을 조종해서 지옥 서버의 얼굴 마담으로 내세운 것은 아니었을까 하는. 지석은 지금이야말로 자신이 꼭 하고 싶었던 질문을 해야 할 때임을 알았다.

"지옥 프로젝트를……, 나중에라도 또 해볼 생각입니까?"

지석의 질문에 서문담이 알 수 없는 미소를 짓더니 담담하게 답했다.

"저, 곧 출국해요. 그리고 제 지분은 다 팔았거든요."

"출국이요?"

"공부하던 학교에서 제안한 연구가 있어서요. 저, 해보려고요. 일하러 가는 거지만 실은 쉴 시간이 필요해요. 몸이 아니라, 마음이. 많이 상처받았거든요."

지석은 서문담이 지옥 서버 만든 걸 후회한다면서 다시는 실행하지 않을 거라고 확실히 대답해 주기를 내심 기대했다. 하지만 끝내 지석이 원하는 답을 해 주지 않았다.

21

수경은 1심에서 징역 20년형을 선고받았다. 상급심에서
도 큰 반전은 없을 것으로 보였다. 체포된 순간부터 구속되
어 구금된 상태였기에 새삼스럽지 않았다. 수경은 말수가
적고 존재감도 없던 아이였지만 수경과 관계를 맺은 이들
은 쉽사리 수경을 잊지 못했다. 하루는 지석의 엄마가 뜬금
없이 수경의 얘기를 꺼냈다.

　"난 걔 불쌍하더라. 세상 놈들이 다 뭐라고 해도 난 걔가
불쌍해."

　용섭은 수경에게 가장 끈질기게 관심 보인 사람 중 하나
였다. 감옥에서 간식이라도 사 먹을 수 있도록 영치금을 넣
었고, 면회도 자주 갔다. 눈인사 외에는 제대로 대화가 되지
않아 답답하다면서도 꼬박꼬박 수경을 찾았다. 식사는 물
론 자잘한 간식조차 꼭 사무실에 있는 것들로만 해결하는
짠돌이가 휴일에 면회에 나서고, 영치금을 넣어 수경의 옷
가지며 세심한 것들을 챙긴다니. 게다가 지석에게는 아무

내색도 하지 않았다. 지석도 엄마를 통해 건너 알게 되었다.

지석은 수경을 한번 보러 가야겠다고 몇 번이나 마음먹었지만 선뜻 발이 떼어지지 않았다. 지석이 수경에게 향한 것은 사건이 발생하고부터 4달이 지난 겨울이었다.

다시 만난 수경은 처음 지석의 사무실을 찾아왔을 때와 비교해 많이 수척했다. 수경은 고개를 꾸벅 숙이고는 지석의 맞은편에 앉았다.

"왜 재판에서 아무 말도 안 했어? 네 사연을 사람들이 많이 알았으면 좋았을 텐데."

눈을 내리깐 채 침묵하는 수경에게 지석은 구구절절 여러 얘기를 늘어놓았다. 용섭은 요즘 어떤지, 지석의 엄마가 전한 안부, 우연히 서문담과 만난 일, 그리고 아무리 국선변호사라지만 영 재수가 없으니 바꾸면 어떻겠냐는 의견까지. 그 모든 말에 수경은 살짝 고개를 끄덕이기만 했다. 이제 수경의 목소리도 기억나지 않을 정도였다. 준비한 얘기가 동이 난 지석은 창을 통과하는 빛을 쳐다봤다. 그리고 의도치 않은 말이 불쑥 튀어나왔다.

"너희 둘 다 잘했다."

"네?"

수경으로서는 거의 1년 만에 내는 목소리였다. 혼자 있을 때도 말을 전혀 안 했는지 한 음절의 단어가 갈라지고 쳇소리도 났다. 지석은 다시 말했다.

"수경이도, 백철승도 잘했다는 말이야."

이치에 맞지 않는 희한한 말이지만 진심이었다. 그 사건 이후 지석은 자신은 사람이든 사건이든 단번에 단정하고 정의할 수 있다는, 자신이 옳다는 오만한 태도를 조금씩 내려놨다. 확신이 들더라도 조금 더 길게 지켜보기로 했다.

지석은 이곳에 오는 동안 사람이 마음껏 잔인해질 수 없는 이유들을 떠올렸다. 그리고 나름의 결론을 내렸다. 인간의 잔혹성을 억제시키는 것은 인간의 높은 지능도 도덕성도 아니었다. 나도 똑같이 당할 수 있다는 공포심이었다. 백철승은 그것을 세상에 보여 준 사람이었다. 그리고 수경은 그 공포를 백철승에게 똑같이 돌려주었다. 백철승의 논리는 수경으로 인해 완성되었고, 그 결과로 파멸하고 말았다. 각자가 자신이 해야 할 일을 했다. 잔혹에 잔혹을 쌓아 가던 지옥 서버로 점철된 세상은 수경의 결단으로 비로소 평형을 찾았다. 지석은 진심으로 백철승과 홍수경이 잘했다고 생각했다.

"네가 지옥 서버를 먼저 떠난 다음에, 난 마지막까지 있었잖아. 너희 엄마의 말을 듣고 싶었거든. 계속 미안하다고 했어. 고문이 일상인 지옥 서버에서는 평범한 일이지. 근데 '겨울옷이 없어서 그랬다고. 미안하다'는 거야. 무슨 뜻이었는지는 모르겠어."

그때 지석은 수경의 표정이 갑자기 변한 것을 봤다. 수경은 아랫입술을 꽉 깨물고 덜덜 몸을 떨었다. 한동안 숨죽여 흐느끼던 수경은 한참 뒤에야 입을 열었다.

"열두 살 때 엄마가 사기당해서 내쫓긴 적이 있어요. 몇 안 되는 짐도 주인이 다 버려서 가방 하나만 챙겨 나왔어요. 너무 추운데 잘 데가 없어서 노숙자 시설에 들어갔죠. 근데 엄마가 다음 날 일 구하러 가면서 제 점퍼를 입고 갔거든요. 엄마는 겉옷도 못 챙기고 나와서. 그리고 우린 몰랐는데 그 시설은 낮에는 사람을 다 내보내더라고요. 옷도 없이 다른 노숙자들 따라서 밤까지 헤맸어요. 그날 밤에 열이 40도까지 올랐는데 병원도 못 가고 해열제만 먹었어요. 밤새 엄마가 계속 그랬어요. '엄마가 겨울옷이 없어서 그랬다고. 미안하다'고요."

수경은 제대로 말도 마치지 못하고는 책상에 고개를 파묻었다. 지석은 그 겨울날을 생각해 봤다. 몸에 안 맞는 딸의 점퍼를 입고 온종일 일자리를 구했지만 결국 못 구하고 돌아온 엄마와, 겉옷 없이 노숙자들과 거리를 헤맨 끝에 열이 펄펄 끓고 있는 딸이 밤새 울었을 추운 날을. 그로부터 10년도 지나지 않아 엄마는 살인을 저질렀고, 딸도 살인범이 되었다. 세상에 백철승이 만든 것보다 더 끔찍한 지옥이 있었더라도, 이 비극의 인과는 끊지 못했으리라고 지석은 생각했다.

"그럼 엄마는 자기가 죽인 놈이 아니라 너한테 사과한 거였구나. 얼마나 구제 불능이면 지옥에 떨어져도 그놈한테는 사과를 안 했을까. 백철승한테도 엿을 먹인 거네. 너네 엄마, 왜 이렇게 멋지니."

지석의 말에 수경이 눈물을 닦고 처음 웃었다.

"반성할 게 있으면 다 해. 죗값은 꼭 받아야지. 다 털고 꼭 건강하게 나와. 그다음에 나랑 같이 일하자, 용섭이도."

지석의 제안에 놀란 수경은 다시 말을 잃었는지 눈만 동그랗게 떴다.

"감사합니다."

그러고는 다시 고개 숙여 인사했다. 수경의 마지막 얼굴에 보일 듯 말 듯하지만 옅은 미소가 있어 정말로 다행이었다.

면회실 문을 나서려던 지석은 발길을 멈추고 텅 빈 면회실을 돌아봤다. 그리고 면회하는 내내 수경과 지석을 가르던 아크릴 판을 향해 손을 뻗었다. 지석은 아크릴 판이 없는 공간을 상상했다. 지석이 정신을 집중하고 천천히 손을 치웠으나 아무 변화도 없었다. 너무나 단단한 현실이었기 때문이다.

이 튼튼한 장벽이 세상의 모든 불의를 차별 없이 가둘 수 있었다면 철승과 수경의 비극이 없었을까? 지석은 쓸쓸한 마음을 삼키며 돌아 나왔다. 구치소 밖에는 그 찰나 사이에 봄기운이 찾아와 있었다.

지석의 등 뒤에서 철문이 닫히는 소리가 들렸다.

작가의 말

　『지옥의 설계자』는 제 전작인『연옥의 수리공』과 같은 세계관을 공유하는 작품입니다. 전작을 읽지 않았다고 해도 전혀 무리가 없으니 부담을 느낄 필요는 없습니다. 둘 다 죽음, 사후세계를 다루지만 기존의 소설들과는 다른 특색이 있습니다.

　저는 어릴 때부터 죽는다는 것, 소멸한다는 것에 대한 막연한 두려움이 있었습니다. 열 살 무렵에 어머니에게 우리가 죽으면 어디로 가는지, 혹시라도 지옥에 가면 어떻게 되는지 집요하게 물었던 기억이 아직도 또렷합니다. 조금 더 커서는 죽음의 공포를 극복하려면 종교를 가지는 게 좋다는 이야기를 듣고 교회나 성당에도 다녔지만 쉬이 믿음이 생기지 않아 포기했습니다. 결국 죽음이라는 문제는 제 안에서 해결되지 않은 숙제처럼 남았습니다.

　사실 저에게 죽음이란 너무나 두려우면서도 두려움만큼 깊숙이 매혹되는 껄끄러운 주제이기도 합니다. 모든 인간에게 정도의 차이만 있을 뿐 비슷하지 않을까 싶습니다. 보통의 어느 날, 불을 끄고 자려고 누웠는데 머릿속에서 갑자기 떠오르고, 결국 밤잠을 설치게 되는 주제. 제가 그런 기질이 다분한 사람이라서 그럴까요? 일찍부터 어둡고 칙칙한 공포물을 많이 찾아봤습니다. 작가가 된 지금도 자연스럽게 호러 장르 영화 시나리오나 드라마 대본을 집필하는 일을 많이 하고 있습니다.

그런 의미에서 『지옥의 설계자』는 제 색깔이 가장 많이 묻어나는 작품이라고 생각합니다. 죽음과 사후세계에 관한 관심 덕분에 저는 자연스럽게 죽음을 극복한 세상에 대해서도 상상을 펼쳤고, 그런 세상에서 죽음을 대체할 새로운 공포는 무엇일지를 떠올리다 보니 자연스럽게 이 소설을 구상하게 되었습니다. 어쩌면 아주 오랫동안 구상만 해 오던 것을 비로소 완성했다고 하겠습니다.

SF는 여러 가지 도발적인 질문을 던지기에 용이한 장르입니다. '기술의 발달로 죽음마저 극복하면 유토피아 같은 세상이 열릴 것인가?' '사후세계를 만드는 기술이 존재한다면 인간은 결국 지옥까지 만들 것인가?' '지옥이 존재하는 세상은 정의로운 세상이 될 것인가?' 저는 이 작품의 주인공들을 대답하기 힘든 질문들의 미로 속에 빠지게 한 다음에 그들이 나름의 결론을 내리는 모습을 그리고자 했습니다.

소설의 배경을 설정하며 한국적인 디스토피아를 떠올렸

습니다. 우리나라에서 직접적인 테러행위는 드물지만 SNS
와 1인 미디어로 표출되는 사회적 갈등의 수위는 전쟁 국가
를 방불케 합니다. 이런 상황이 『지옥의 설계자』에 나오는
사회처럼 변해 갈 수도 있다고 생각했습니다. 지금도 우리
의 마음속에 쌓이고 있는 분노와 혐오가 끝내 '지옥 서버'라
는 실체가 되어 세상에 나올 때의 두려움과 혼란상을 독자
여러분과 함께 보고 싶었습니다.

작품을 펼칠 기회를 준 교보문고와 수상의 영광을 준 한
국콘텐츠진흥원에 감사의 말씀을 드립니다. 편집자님께도
감사합니다.